倒産続きの彼女

Ms. Bankruptcy

新川帆立

HOTATE SHINKAWA

宝島社

倒産続きの彼女

Ms. Bankruptcy

［目次］

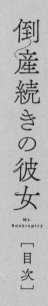

倒産続きの彼女

装画　丹地陽子
装幀　菊池　祐

第一章　羨望と下剋上

1

「丸《まる》の内《うち》ＯＬって聞いていたのに、女弁護士かよ」

正面に座っていた商社マンが呟《つぶや》いた。

自慢していた力こぶをシャツで隠し始める。賑《にぎ》やかなスペインバルの中で、私たち四人のテーブルにだけ沈黙が流れた。

いつものことだと思った。

ふう、と心の中で一息つくと、

「異議あーり！」

努めて明るい声を発した。右手は小さく上げている。

「玉子《たまこ》は立派なオフィスレディですう」

わざとらしく口を尖《とが》らせた。

爪の先には桃色のマニキュアが塗ってある。白いワンピースの上に、薄手のカーディガンを羽織ってきた。耳下で切りそろえたボブヘアは、アイロンで入念に艶を出している。

姿形だけを見て、私を弁護士だと思う者はいないだろう。

商社マンは、突然のブリッコ攻撃に面食らったようで、

第一章　羨望と下剋上

「俺、生の『異議あり』、初めて聞いたわ」

と言いつつ、頬を緩ませている。

私だって異議ありなんて、合コンでしか言わない。クライアントは大企業だ。契約書を作ったり、法律相談に答えたりするのが主な業務である。法廷に立ったことなどない。

学生時代からそれなりにモテた。美人ではない私にしては上出来だと思う。

不思議な子だと思わせておけば、こっちのものだ。男は結局、本当は賢い天然ちゃんが好きなのだ。

「美法《みのり》ちゃんも、弁護士ってこと？」

商社マンの問いに、私の隣で小さくなっている美法が黙って頷《うなず》いた。

出会いが欲しいと美法が言うから、飲み会を企画した。それなのに、いざ本番になると消極的なのだから嫌になる。

天パは天パのままだし、いつもの眼鏡をかけて、仕事用のスーツでやってきたのにも閉口した。こういうときは、せめてメイクをしてきて欲しい。

「こいつは医者だよ」

商社マンが、もう一人の太ったほうの男を小突いた。

「へえ、すごい！　お医者様なんですねえ」

すぐに反応した。条件反射みたいなものだ。

医者の男は、顎先を前に突き出すように頷いた。自信と横柄さが染み付いた動きだ。お世辞は言われ慣れているのだろう。

太い身体、太い首の上につぶれたカエルのような顔がのっている。ブサイクな男だ。

私だってメイクを落とすとブサイクだから、顔について人のことは言えない。けれども、女ってだけで損だ。男なら、稼いでいれば大きな顔ができるのに。冷めた気分になったが、すぐに気を持ち直す。

相手は医者だ。実家が裕福かもしれない。体型は後から変えられる。身だしなみだってどうにでもなる。とにかくポテンシャルを重視して、丁重に接しようと思った。

「忙しいでしょうに、今日はありがとうございます」

「ええ、仕事をしてばかりで、生活面はボロボロですから、誰か支えてくれる人が欲しいですよ」

医者は、窺《うかが》うようにこちらに視線を投げた。

そうなるともう、お決まりの流れだ。

「じゃあ私が立候補しちゃおうかなあ」

軽い調子で笑いかけた。何も考えずにこのくらいの対応はできる。

この男は、結婚願望があることをチラつかせて、女を引っ掛けてきたのだろう。なめられているようでムカついた。誰しもが自分と結婚したがると思っているのだろうか。

私と同年代、二十代後半の医者なんて、現場じゃ使い走り程度のものだろう。それなのに、男女の場にくると突然大きな顔をするのが気に入らない。年収だって私の半分以下だろう。それでいて生活面を支えて欲しいなどと抜かす男に、こちらから用があるとでも思っているのか。頭の中ではいろんなことを考えてしまう。けれども、即座に自分の思考に蓋をした。考えても仕方ないことは考えない。

彼氏が欲しい。結婚もしたい。それなら、対象者は広くとっておいたほうがいい。今回の人がハズレでも、友達を紹介してもらえるかもしれない。

釈然としない気持ちを脇に置こうとしていると、美法が突然、大真面目な口調で言った。

「弁護士も忙しいです。私も誰か、支えてくれる人が欲しいですね」

医者は驚いたように、一瞬、目を見張った。しかしすぐに素っ気ない調子で応えた。

「ああ。まあね、弁護士さんも忙しいでしょう」

「仕事から解放される時間は、多く見積もっても週に四、五時間くらいです。洗濯や掃除など、最低限の身の回りのことをしていたら、終わってしまいます。でも今は、仕事を覚えるのが一番ですから、仕方ありませんね」

「まあ、仕事も大事だよね……」

仕事の話を始めた美法に、医者は戸惑っているようだった。職業や忙しさでマウントをとっても不毛だ。女同士でも不毛なのに、男女間なら尚更だ。

私はテーブルの下で美法の足を蹴った。出会いの場を欲しておきながら、どうしてその場にふさわしくない受け答えをするのか。全く見当がつかない。

医者の男は、会話に困ったのか、

「玉子ちゃんも忙しいんじゃないの？」

と訊《き》いてきた。私はまた何も考えずに、

「玉子は天才だから、仕事も家事もできるんですぅ」

と、トボけた調子で続けた。

本当の自分なんてどうでもいい。その場その場で生き残るために、私はいくらでも姿を変えることができる。

男たちは一斉に吹き出して、「天才だったかあ」と笑った。

一瞬の隙をみて、私は美法を睨《にら》んだ。

美法は「分かったから」とでも言わんばかりに頷いた。その後の美法は当たり障りのない受け答えをしていた。やればできるんじゃん、と思った。

それでも私は、どうにもイライラが収まらなかった。一体何に対して怒っているのか、自分でも分からなかった。


銀座《ぎんざ》で男たちと別れて、私たちは丸の内へ歩き出した。

男たちは場所を変えて飲みなおそうと提案したが、私は、

「シンデレラタイムだから」

などと言って、断ったのだった。

しかしその実、私たちの勤務先である山田《やまだ》川村《かわむら》・津々井《つつい》法律事務所に向かっている。

時刻は十一時を回っていたが、やるべき仕事は沢山あった。

「なんでさあ、雰囲気壊すこと言うわけ？」

さっきより数段低い声で尋ねた。

「ごめんって。蹴ることないじゃん」

言いながら、眼鏡の曇りを袖で拭いている。

「出会いが欲しいって言いだしたのは美法じゃん。だから今日の会を組んだのにさ」

美法とは大学、大学院、就職先と、ずっと一緒にいる。ブリッコだとか言って、私を嫌う女の子たちもいた。けれども美法は、他人にあまり興味のない「法律オタク」だったから、不思議と一緒にいて心地がよかったのだ。

「でもさ、玉子もなんであんなに頑張るの？　今日の人たち、正直、微妙だったじゃん」

驚いて、私は思わず目を見開いた。

「ちょ、ちょっと、美法？　今日の人たちが微妙って？」

「そうじゃん。私たちが弁護士だって聞いて、あからさまに引いていたし。商社マンだ、医者だって、チヤホヤしてくれて、家事育児一切をやってくれる女を探しているんでしょ」

ちょうど有楽町《ゆうらくちょう》を抜けたところだった。私は立ち止まって振り返り、美法と向き合った。ヒールの音がカラン、と夜の街に響いた。

「友達として、この際言っておくけどさ。美法って、確かに仕事は頑張っているけど、女としての努力は全然してないじゃん。いつもスッピンだし、身だしなみだってテキトーだし」

街灯にうっすら照らされた美法の表情は硬かった。私の視線から逃れるように、横目であらぬ方向を見ている。

私は一瞬躊躇《ちゅうちょ》して口を閉じたが、もう一度開いた。

「だから、つまりさ、男の人からみたときに」

「お呼びじゃないって言いたいんでしょ！」

美法がほとんど叫ぶように言った。素早く瞬《まばた》きをしている。泣きそうなときの美法の癖だ。

「そうじゃなくて」

「そういうことでしょ。見た目が悪いから、男ウケしないって言いたいんでしょ」

「そうじゃなくて、私はただ、今のままだと美法の良さが男の人に伝わりにくいと思って」

早口のまま続ける。

「恋愛の、一般的な市場の話をしているの。恋愛市場では、稼ぐ男が偉くて、若くて可愛《かわい》い女が偉いってことになっている。だから、今日の人たちは、私たちよりも恋愛市場では価値が高いってことでしょ。そこは素直に認めたほうがいいって話。それで、自分より上の人を倒すには自分を磨く努力をしないと。自分の側で努力してないのに相手をくさすのは違うと思うし」

「倒すとか、努力とか、何？　玉子は何と戦っているの？　恋愛ってそういうものじゃないし、戦う相手が違う気がする」

美法なんて、たいして恋愛経験もないくせに、私に向かって何を言っているのだろう。腹が立った。しかし、少しでもそういうことを指摘すると、美法がひどく傷つくというのも分かっている。何も言えなくなった。

「玉子には私の気持ちは分からない」美法は睨みつけてきた。

「私、もともとブサイクなんだもん。ダイエットしたり、おしゃれしたりしても、たかが知れているの。玉子みたいに、磨けば光るタイプと一緒にしないで」

「磨けば光るタイプって……」

美法の言葉を繰り返した。思わず口元がゆがむ。

磨かないと光らないと言われているようで、不快だった。けれども反論は我慢した。見た目について指摘されたことが、美法にとってはショックだったのだろう。逆上して失礼なことを言ってきているのだ。

私は耐えたのに、美法は勢いづいたように言葉を発した。

「だいたい、玉子はブリッコばっかりして、男に媚《こび》を売って」

悪い予感がしていた。

案の定、私がこれまで一番言われていて、かつ、一番言われたくない言葉が続いた。

「玉子は結局、男好きなんでしょ?」

思わず下を向いた。ベージュのエナメルパンプスが目に入った。わざわざ低めのヒールを選んでいる。万が一、合コン相手が低身長だった場合に、こちらが相手の身長を越してしまわないよう、配慮していた。

別に男好きじゃない。ただ、私みたいな不美人は放っておくと彼氏もできず、結婚もできない自信がある。だから頑張っているだけだ。男の人は案外、そういった頑張り自体を可愛いと思ってくれることも多い。それをブリッコだとか男好きだとか言われても困る。

「私はただ、努力しているだけ。美法は分かってくれていると思っていたのに」

「玉子だって。本当は私のこと、見下しているんでしょ」

美法はその言葉を残すと、車道へ歩いて行った。ちょうど通りかかったタクシーを止めて、乗り込んだ。事務所と反対の方向へタクシーが走り出した。事務所に戻るのはやめにして、自宅に帰るのだろう。

私は有楽町の街に一人残された。ひんやりとした風にのって金木犀《きんもくせい》の香りがした。甘くてまろやかな匂いにつられて周囲を見上げた。コンクリートだらけのこの街のどこかに、金木犀の木があるのだろうか。ビルの合間には、ほんの小さな緑地しかない。隠れるように、しかし負けじと立っているなら、まるで私みたいだ。

事務所に戻って仕事をしようと思っていたのに、やる気は完全にしぼんでいた。車道に五分くらい立って、やっとタクシーをつかまえた。さっさと家に帰ることにした。

面倒なことは続くものだ。翌日の朝の食卓のことだった。

いつものように、シマばあちゃんの好きなものばかり揃《そろ》えた。土鍋で炊いた白米に、甘口醤油《しょうゆ》が染みた沢庵《たくあん》を添える。昨日の残りの豚汁には、細かく刻んだ生姜《しょうが》を振りかけた。あとは、いりことクルミの佃煮《つくだに》が小鉢に盛ってある。これは作り置きだ。

シマばあちゃんは黙々と食事を平らげた。ちゃぶ台の隅の竹ざるを引き寄せると、中から干し柿を取り出して、三つ食べた。

そこまでは私も何も思わなかった。シマばあちゃんは華奢《きゃしゃ》なわりに大食らいだ。歯が丈夫だからだろう。いつもならお茶をがぶがぶ飲む。だがその日は違った。

シマばあちゃんは湯飲みに手を出すこともなく、突然、

「あたし、結婚することにしたからな」

と宣言をした。

「えっ」手にしていた急須が止まる。

「結婚って、ばあちゃんが？」

「そうよ。ババアが結婚して、なーにが悪いね」

八十を超えているわりに皺《しわ》もシミもない色白の顔に、大きな鳶色《とびいろ》の瞳が輝いていた。量の減ってきた白髪はふんわりと整えられている。「ミス干し柿」に輝き、紀州一の美女と称された娘時代を、六十年以上経《た》つ今でも引きずっている人だ。

「最近はな、シニアこんかつ、ってのがあってな」

こんかつ、の部分をやたらと滑舌よく、はっきり発音した。

脇の書類ケースから、薄ピンク色のパンフレットを取り出し、指し示す。「一期一会の苺会《いちごかい》」と大きな文字で書かれていた。

「ここでイケメンをゲットしたからな」

イケメンといってもお爺《じい》ちゃんでしょ、と思った。だが指摘すると、二倍、三倍の量の言葉で言い返してくる。私は口をつぐんだ。ちゃぶ台の向こうに座る祖母を見つめる。

「指輪ももらったで」

そう言って、電話台の下からゴソゴソと紙袋を取り出す。「テトラ貴金属」と金文字が刻まれた化粧箱を開け、中央に鎮座するダイヤの指輪を見せつけた。

「ばあちゃん、指輪までもらってるの……」

ダイヤは相当大きい。詳しくないから分からないが、大豆くらいの大きさはある。

二の句が継げなかった。私があくせく働いている間に、ばあちゃんはイケメン爺さんとデートを重ねたり、プロポーズをされたり、指輪をもらったりしていたわけだ。

「あたしが玉子ちゃんより早くお嫁に行くとはなあ。再来月には入籍して、ムネちゃんの家に引っ越すから」

シマばあちゃんは、新聞屋からもらった文字の大きいカレンダーを指さした。今日は十月四日だ。十二月には「ムネちゃん」と結婚するつもりらしい。

「彼、今でも現役で会社をやっていて、シュッとした良い男なんよ。女は愛嬌《あいきょう》、男は甲斐性《かいしょう》やで。ビシッと女子をリードしてくれる人ってええよなあ。やっぱり野心がある男ってのは、色気があるんよね。何歳になっても……」

シマばあちゃんが独自の恋愛観を語りだすと長くなる。恋バナと言えば聞こえはいいが、私の意見を求められることはない。シマばあちゃんが一人で話し、私は同調するだけだ。

「お家は世田谷《せたがや》のほうにあるらしいわ。玉子ちゃんは、もうババアの面倒は見なくていいから、家を出て一人暮らしするなり、彼氏と一緒に住むなり、好きにしてちょうだい」

私はちゃぶ台に片肘をついて、頭をのせた。平静を装っているが混乱していた。私が生まれる前、三十年以上前に祖父は亡くなっている。祖母の再婚自体は問題ない。しかし、なぜ今更、急に結婚なんて言い出したんだろう。気持ちを落ちつけようと深呼吸をした。

ちゃぶ台の端には、ピルケースが山積みになっていて、朝昼晩の薬を小分けにして入れている。脱水防止用のドリンクの減り具合をチェックしたり、デイケアセンターに送り出したり、病院に連れて行ったり。本人が元気とはいえ、高齢者と一緒に住んでいるとやることは色々ある。それを、どこの誰とも分からない爺さんに任せられるものか。

「私は家を出ていかないよ。別に彼氏もいないし」

茶の間の端においてある仏壇に視線を投げた。父と母が、二十年前の姿のまま微笑《ほほえ》んでいる。

「玉子ちゃんなあ、もう三十やろ」

「まだ二十八です」一応、口を挟む。

「何歳でもいいんやけどな。そんな歳で、ババアと一緒に暮らして、どうするん？　彼氏がいても、こんなコブ付きじゃ、おちおち結婚できんし」

「だから、彼氏はいないって」

昨日も男がらみで美法と揉《も》めたというのに、今日はシマばあちゃんとこの話をしなければならないのか。気分が打ち沈んだ。

「今彼氏がいなくても、玉子ちゃんなら、すぐできるやろ。そのときババアが邪魔になるやろ」

何度話して聞かせても、シマばあちゃんの頭の中では、玉のような赤ん坊だった「可愛い玉子ちゃん」からイメージが更新されない。いつも私に彼氏がいて、結婚しようと思えばいつでも結婚できるくらいに思っているのだ。

私も学生時代は、そのうち結婚できるような気がしていた。弁護士として働きだしてから雲行きが怪しくなった。第一、仕事が忙しくて恋愛をどうこうする余裕がない。学生時代から付き合っていた彼氏とは自然消滅してしまった。

それに、お気楽に恋愛しているぶんには良いけど、「結婚」となると急に現実感がなくなる。たまにデートするのは楽しいけど、その人が私の生活に入ってくるというのは想像がつかない。仕事をして、シマばあちゃんの世話をして、おしゃれして友達と遊んで——それだけで、一日二十四時間、お腹一杯だ。これ以上、何かを抱えられる気がしない。

それでも心のどこかで、結婚しなくちゃと思っているのが不思議だ。

「私が家を出て行ったら、干し柿、誰が作るの？」

ややムキになって訊いた。

「干し柿くらい、あたし、じぶんで作れるし」

シマばあちゃんが口をとがらせた。

私がブリッコをするときと同じ仕草である。

「お嬢様育ちのばあちゃんじゃ、絶対作れないね。スーパーのは食べられないくせに。私が出て行ったら、ばあちゃん、一生、おいしい干し柿、食べられなくなるんだからね。ふわふわの卵焼きも、いりこ出汁《だし》のだご汁も、もう食べられないからね」

本当はどうでもいいのに、食べ物の話ばかり口をついて出る。

「別にあたし、食べたいなんて、言ってないし」

シマばあちゃんの生意気な口ぶりに、腹が立って、くらくらした。

「もう、本当に知らないから」

畳に視線を落とし、放ってあるジャケットをひっつかんだ。もう片方の手で鞄《かばん》を引き寄せ、立ち上がる。

「仕事、行ってくる。遅くなるからね。お昼ご飯は緑のタッパー、夜ご飯はオレンジのタッパーだよ。薬を飲むのを忘れずに。ピンポン鳴っても出なくていいから。このペットボトルのお水を一本、夜までに飲むんだからね。帰ってきてから私チェックするから」

「はいはいはいはいはい、任せとけい」

シマばあちゃんの陽気な声にさらに腹が立つ。

いつも勝手なひとだ。こっちの気持ちなんて考えやしない。

私が大手法律事務所で弁護士として働いているのも、半分はシマばあちゃんのためなのだ。今は元気だからいいけれど、介護が必要になって、老人ホームに入ることになるかもしれない。プライドの高いシマばあちゃんのことだ。そこらの老人ホームではケチをつけるに決まっている。こちらとしても、少しでもいい暮らしをしてほしい。

事務所から二駅の下町に、古い一軒家を賃借しているのもシマばあちゃんの要求によるものだ。畳と布団でないと眠れないと騒ぐから。

縁側には、沢山の柿がぶら下がっている。朝日を浴びて飴色《あめいろ》のカーテンのようだ。そろそろ完成だから収穫しようと思っていた。

ばあちゃんは勝手に結婚だなんて。私の将来を気遣っているとしたら、最悪だ。

私は今の生活で満足しているというのに。

二駅ぶん歩き、勤務先である山田川村・津々井法律事務所に向かった。ダイエットのために歩いて事務所に行くようにしている。けれども、そのくらいじゃ全然痩せない。

執務室に近づくと、珍しい人が執務室の前で仁王立ちしていた。

「遅いじゃない」

腕を組んだまま、不機嫌そうな声をかけられる。

剣持麗子《けんもちれいこ》という弁護士だ。

体のラインにぴったり沿うパンツスーツを着て、雄のライオンのたてがみのように、ロングヘアをはためかせていた。

剣持先生は、私よりも一年先輩にあたる。

同じ部署で、よく一緒に仕事をする仲である。人使いが荒いし、勢いがあって怖いときもあるが、その点は案外平気だ。ワガママ放題のシマばあちゃんの世話で、普段から鍛《きた》えられているからかもしれない。

しかしそれでも、私は剣持先生が苦手だった。

剣持先生は確か、都内の中高一貫進学校を出て、名門私立大学に通い、するっと司法試験に合格した人だ。実家もある程度お金持ちで、顔もよくて、スタイルもよくて、私じゃ絶対穿《は》きこなせないようなパンツスーツをサラッと着てしまう。そばにいると自分がみじめに思える。だからなんとなく嫌い。

それだけではない。剣持先生は、今年の初めにボーナス額が小さいという理由で事務所を飛び出し、数か月仕事を休んでいた。そのせいで私に割り振られる仕事量が増えて、すごく忙しかった。何食わぬ顔で戻ってきて同じ事務所で働いているというのも、厚かましくて嫌悪感があった。

腕時計を見ると時刻は午前九時である。弁護士の出所時間としては早いほうだ。やや警戒しながら口を開いた。

「おはようございます。どうかしましたか？」

「ねえ、古川《ふるかわ》君と連絡つく？　あなた仲良いでしょ」

剣持先生は挨拶もなしに、本題から入った。

「仲良いというか、同期ですが」

古川君とは大学院から一緒だ。同じ部署に配属された同期だから、同じ案件に入ることは少ない。

案件規模にもよるが、通常、法律事務所では三人くらいのチームで動くことが多い。一番上にはベテラン弁護士、その次に中堅弁護士、そしてその下に若手が入る。若手弁護士が多く動員されるような大型案件でない限り、古川君と私が同じ案件に入ることはない。

もちろん同期だから助け合うことはある。分からないことを訊いたり、忙しいときにリサーチを肩代わりしてもらったりといった融通を利かせあう。というか、丁寧に頼むとだいたい引き受けてくれるから、古川君には助けてもらってばかりだ。

「昨日の夜から連絡が取れないの。昨日の夜、七時半に慌てて出ていったから、あれはきっと合コンだと思うんだけど。でも普通なら、その後事務所に戻ってくるじゃない?」

　ワーカホリックな剣持先生は、確かに飲み会の後も事務所に戻るし、朝も七時頃から働いていると聞く。

「急ぎの案件があるんだけどなあ」

　そういえばと思い、携帯電話を取り出して、同期たちとのメッセージを遡《さかのぼ》った。

「古川君、昨日の夜から熱が出ているみたいです。風邪《かぜ》っぽいって」

「風邪ですって?」

　剣持先生が急に大きな声を出すから、私は思わず身を縮めた。

「風邪ってどういうことなの」

　睨みつけられて、困惑した。「私に言われましても」

「だいたい、社会人がいい歳をして、風邪をひくっていうのが間違っているのよ。危機管理能力が足りない証拠だわ。手洗いうがいをきちんとして、疲れが出たら早めに休むとか、できること、いろいろあるでしょう」

　執務室の入り口脇の壁に背中を預けて、腕組みをしたまま続ける。

「だいたい古川君は、あんなに体を鍛えていて、それでいて風邪をひくってのはどういうことなの。あの筋肉は飾りなの？」

執務室の前はオープンスペースになっていて、秘書やパラリーガルのデスクが広がっている。怒り心頭の剣持先生を前に、秘書たちが含み笑いをしながら、顔を見合わせている。

剣持先生は、周囲の反応には全く構わず、仏頂面のままだ。

十月に入って、朝晩は急に冷え込むようになっていた。体を鍛えている古川君があっさり風邪をひいてしまうのは確かに滑稽だが、そういうこともあるだろうと思えた。

「体が弱い人もいますから、風邪をひくのは仕方ないんじゃないですか」

剣持先生は体の向きを変えて、私の顔を覗《のぞ》き込んだ。自分の言葉に後輩が反論してくるのが気に入らなかったのだろうか。大きな目がじっと私を見ている。怒っているのか考えているのか、その表情は読めない。

私は身構えたが、剣持先生は顎に片手をあて、

「風邪って、普通そんなにひく？」

考え込むように首をかしげるとつぶやいた。

「私はこれまでの人生で、風邪なんてひいた覚えがないんだけど」

眉を持ち上げて、珍獣を見るように不思議そうな顔を私に向けている。剣持先生は嘘《うそ》を言っているわけでもなく、意地悪をしているわけでもない。ただ本当に、風邪をひくことが信じられな

いのだろう。

私は小さくため息をついた。

きっと、剣持先生はすごく恵まれているから、悩みなんてないのだろう。弱い人の気持ちなんて分からない。まして、私の気持ちが分かるはずない。地方から苦労して出てきて、奨学金を借りてなんとか学校を出て、祖母の世話をしながら働いている私の気持ち。

剣持先生は私の反応に構うことなく口を開いた。

「まあ、いいや。美馬《みま》先生、あなたが担当してちょうだい」

「ええ、私がですか?」

急に自分に白羽の矢が立って、顔を上げる。私よりも背が高い剣持先生の顔を見上げ、その本意を窺おうとした。

「誰でもいいってわけじゃないんだけどさ。美馬先生なら古川君の代打が務まるでしょう。私も本当は嫌なのよ。どんな案件か知らないけど、ぜんっぜん儲《もう》からないのは確かよ。落ち目の会社だもん。津々井先生の顧問先だから、仕方なく業務を引き受けたけど」

津々井先生というのは、剣持先生と私が配属されている部署のボスだ。この事務所の創設者の一人でもある。

聞くところによると、一度事務所を飛び出した剣持先生が戻ってこられたのは、津々井先生の尽力があったためらしい。義理があるから、津々井先生の案件だと断れないのだろう。

「じゃあ三時に会議室集合ね」

そう言うと、剣持先生はすたすたと歩き始めた。

「ちょ、ちょっと。私も今やっている案件で、手一杯なんですけど」

後ろから声をかけると、剣持先生はくるっと振り返り、ものすごいスピードで引き返してきた。

私の目の前でぴたっと止まり、

「できないの？」

とすごんだ。

うっすらといい香りがした。香水をつけているのかもしれない。近くで見ると、髪の毛も毛先まできれいにカールがついている。シンプルにスッと入ったアイラインは全然にじんでいない。艶のある肌からは余裕が感じられた。

私とは大違いだ。

早朝に起きて、眠い目を擦《こす》りながらシマばあちゃんの食事の作り置きをする。タッパーに詰めて粗熱をとっている間に、慌ただしく化粧をしているのだ。

アイプチで二重幅を作り、涙袋にうまく色をのせて目を大きく見せる。フェイスカラーを駆使して顔に立体感を出し、鼻筋も細く通す。こまごまと手を入れる部分が多いから、化粧は剣持先生より大変なはずだ。

その後に朝食の用意をして、シマばあちゃんを起こす。誤嚥《ごえん》なく朝食を平らげるのを見守ったのちに、家を出ている。

学生時代から染みついたルーティンだから慣れている。けれどもやはり、体力的に辛《つら》いときはある。

剣持先生の顔を見ていると無性に腹が立った。彫りの深い綺麗《きれい》な顔。何の苦労も知らないくせに。大きな下駄《げた》をはいて、すいすいと進んできただけのくせに。

「できないならいいんだけど」

軽く顎をあげて剣持先生が言った。

「できます」私は反射的に答えていた。

「やりますから」

剣持先生は私の顔をじっと見た。

一瞬、黙っていたが、すぐに、

「オッケー、オッケー」

と笑うと、踵《きびす》を返し、大股で歩いて行った。

びしっとまっすぐ伸びたその背中を見ていると、やはりどうしても腹が立った。剣持先生は悪くない。それも分かっている。

でも、どうやったって、許せないのだ。この世の不公平や不条理が許せない。

いつも思ってしまう。どうして私が、どうしてあの子が、と。

大きく深呼吸をした。自分の中に渦巻く黒い感情に飲まれそうなときは、心に蓋をするしかない。どうしたら、こんな状態から抜け出せるのか分からない。だけど私にできることは限られている。働くしかない。

「先生、大丈夫ですか？　案件受けすぎですよ」

脇から、秘書が気遣わしげに声をかけてきた。

「大丈夫です」

無理やり笑顔を作って、大きく頷いた。

2

その日の午後三時、会議室に入ると、剣持先生が待ち構えていた。六人掛けの座席の上座に腰かけている。

上座下座といったビジネスルールに対して、弁護士はルーズだ。身内だけの会議なら特にそう。うるさく言う人もいない。むしろ入り口近くの下座に座っていると、後から入ってきた人の邪魔になる。詰めて座ったほうが親切かもしれない。

私も会議室の奥へと歩みを進め、剣持先生の正面に座った。

まもなく扉が再び開いて、津々井先生が入ってきた。

見事に丸い体型と、丸い顔だ。人のよさそうな微笑を常に浮かべている。小脇に抱えた書類を机の上に置くと、私の隣に座った。

「ゴーラム商会がね、倒産しそうです」

なんともないというような口調で、津々井先生が言った。

剣持先生も平然とした顔で、眉ひとつ動かさない。

「ゴーラム商会って、あのレインブーツで有名な？」

驚きを抑えながら、私は訊いた。

ゴーラム商会といえば、有名なアパレル企業だ。海外の新興ブランドを日本に持ち込んで、独占販売をする会社として創業した。

特に、二十年ほど前から取り扱っているカラフルなレインブーツのシリーズは、当時としては画期的で、若い女性から熱狂的な支持を得た。徐々にオリジナルブランドも充実させて、今ではアパレルの売上シェアで十本の指に入る。創業してから三、四十年は経っているはずだ。

「残念ながら倒産しそうです」

津々井先生は微笑を浮かべた。

笑いながらする話ではない。瞬間的に、津々井先生に対して反発を覚えた。

ひとつの会社が倒産しそうなのだ。社員には家族もいる。取引先もある。何百、何千の人間の生活がかかっている。その事態の大きさを分かっているのだろうか。

津々井先生のような百戦錬磨の弁護士になると、企業倒産なんて見慣れているのかもしれない。けれども、「よくあること」で済ましてしまう姿勢が、私には引っかかった。

津々井先生は落ち着いた調子で続けた。

「売れ筋だったレインブーツのシリーズですが、実は昨年、本国の企業から独占販売契約を打ち切られてしまいました。その後、資金繰りが悪くなって、もうどうしようもない。どの銀行も助けてくれません」

レインブーツの独占販売契約が終了したというニュースは、大々的に報じられていた。もっとも、ゴーラム商会の経営悪化について、特集された記事は見たことはない。アパレル業界全体が不況に見舞われていたため、そう特別視されていなかったのだろう。

「売れるものはないんですか?」

剣持先生が腕組みしながら口を挟んだ。

「一部の事業を切り出して他社に売って、引き換えに得た現金で、延命することはできるでしょう」

津々井先生は頷いた。

「うちの事務所の倒産チームが、その方向で対応を模索しています」

弁護士が四百人を超える大規模事務所になると、得意とする法分野によって部署が分かれている。

津々井先生を筆頭に、剣持先生や私が属するのはコーポレートチームだ。主に会社法を専門として、会社の平常運転時のサポートをしている。病院で言うと、内科のようなイメージだろうか。

それとは別に、倒産法を専門とする部隊がいる。会社が危機的状況に置かれた場合に活躍するのは、倒産チームだ。瀕死《ひんし》の会社を相手にする、救急救命室のようなものだ。

景気がいいときは、コーポレートチームが儲かる。逆に景気が悪いときは倒産チームが儲かる。両方のチームを抱えておけば、景気の動向に左右されず、事務所の収益は安定する。

そのほか、金融取引を担当するファイナンスチームもある。やたら長くて複雑な契約書をまとめる超絶技巧が必要となる。法律オタクの美法はファイナンスロイヤーだ。マニアックな法律を調べて、細かい条文の細かい処理を活き活きとこなしているらしい。

働き始めて数年のうちに、どのチームに腰を据えるか決める弁護士が多い。もちろん、チームをまたいで仕事をすることもある。その中で適性を見つけて、所属チームを変更する者もいる。

「まずはなるべく倒産を避ける方向で頑張るようです。事業の一部を売れば、現金が入ってきて、しばらく社内は落ち着くはずです。そのあたりは倒産チームに任せておきましょう」

津々井先生は、持参した書類に手を伸ばしながら続けた。

「先生方に頼みたいのは、ゴーラム商会に関する別件です。ゴーラム商会には、内部通報窓口があります」

内部通報窓口というのは、社内で不正や不祥事があった場合に通報できる窓口だ。内部のコンプライアンス部門のほかに、外部弁護士宛ての窓口を設置している会社も多い。

「うちの事務所に設置されている外部窓口に、一件、奇妙な通報がありました」

剣持先生と私に一枚ずつ、書類を配る。

「一旦、読んでみてください」

私は手元の書類に目を落とした。

電子メールをプリントアウトしたものだった。匿名通報用の窓口のため、差出人の名前やメールアドレスの記載はない。

しかし、メールの件名からして、様子がおかしかった。

【件名】倒産続きの同僚

経理部の「近藤《こんどう》まりあ」を知っていますか。

彼女が転職するたびに、会社が潰れるんです。次はウチが潰れるのではないかと噂《うわさ》になっています。

彼女が過去に勤務した三社はすべて、倒産しています。こんな偶然って、あります？　彼女が不正行為をして、潰して回っているんじゃないですか。

そういう人を放置されると迷惑です。真面目に働いている人がバカみたい。処罰してほしいです。

読み終わっても、剣持先生も私も口を開かなかった。正直言って戸惑っていた。念のためもう一度読み返すが、混乱は収まらない。

内部通報というと、たいていはパワハラかセクハラの通報だ。社内の人だけではなく、取引先からも通報を受け付けていることが多いから、営業担当がこっそり売上を水増ししているとか、バックマージンを受け取っているといった通報が入ることもある。

だが、会社を潰す女がいるなんて話は、聞いたことがない。

剣持先生も同様に戸惑っているようだった。書類を見つめながら、瞬きもせずに固まっている。

「あの、これは……どういうことでしょうか」私はおずおずと訊いた。

津々井先生は、面白がるように頬を緩めた。

「さしずめ、連続殺『法人』事件ということでしょうか。私にもよく分かりません。そして、分からないことを調べるのが、先生方の仕事です」

剣持先生が顔を上げて、不快そうに眉を寄せた。

「全く、馬鹿らしいことだわ」

その日の晩、剣持先生がぼやきながら、私の執務室にやってきた。

片手にブラックコーヒーを持っているが、それは彼女自身が飲むもので、もちろん私のぶんはない。

「あんなアホらしい調査をするなんて、津々井先生の気は確かなのかな」

昼の会議の際にも、剣持先生はさんざん噛《か》みついた。こんな具体性のない通報を相手にする必要はない。人間ひとりの力で会社が潰されるなんてありえない。たまたま落ち目の企業にばかり転職している人かもしれない。

その主張はどれももっともだったが、津々井先生は頑として聞き入れなかった。

「ですから、この通報が悪戯《いたずら》かどうかを調べるのが、先生方の仕事です」

と言って、一歩も引かないのだ。

通報があった以上、何もしないわけにはいかないのも確かだ。形式的にでも弁護士が調べなくてはならないだろう。

押し問答をしているうちに時間切れとなり、三人はそれぞれ次の予定へ散った。私たち弁護士は一度に数十個の案件を担当しているから、一つの案件にばかり構っていられない。

今日の予定をあらかた済まして、やっと落ち着いた夜十一時過ぎに、ふとゴーラム商会のことを思い出した。剣持先生も同じような状況だろう。

「これ、本当に調査するんですか？」

私が訊くと、剣持先生は眉間にしわを寄せた。

「するしかないじゃない。ボスがそうしろって言っているんだし」

近くの椅子に腰かけて、渋い顔で天井を見上げている。剣持先生なりに我慢をしているらしい。

「ああもう、こんなときになんで古川君は寝込んでいるわけ？　信じられない」

とボヤキながら、椅子のキャスターを揺らす。

「まあ、とりあえず、ゴーラム商会のコンプライアンス担当に連絡をとってちょうだい。近藤まりあの履歴書を出してもらって、経歴を確認しましょう」

「その件なのですが」

私は控え目に口を挟んだ。

「昼間のうちにゴーラム商会に連絡をとったのです。一応、管理部門の役員の安西《あんざい》さんにつないでもらいました」

通常、内部通報の処理の仕方については、事前に一定の処理手順が指示されている。ゴーラム商会の場合、まずはコンプライアンス担当者に対して、通報があったということを速やかに報告することになっていた。

「法務・コンプライアンス担当のメンバーが相次いで離職したため、対応できる人がいないそうです。総務課員がなんとか契約書の対応をしている状況らしくって。内部通報なんて、とてもじゃないけど対応できないから、先生方で適当に調べて欲しいとのことです」

剣持先生の表情がみるみる硬くなるのが見て取れた。

「適当にってどういうことよ」

腕を組んで、不機嫌そうな顔をしている。

「会社としても余裕がない状況なのでしょう」

なぜか私が会社側のフォローをする。

「落ち目の会社。倒産しそうだから、社員がどんどん辞めていっているってこと？」

「そういう面もあるのですが、もともと入れ替わりの激しい会社のようです。安西さんがぼやいていました」

剣持先生はさっと立ち上がると、

「全く、そうやって、ずさんでテキトーな会社だから倒産するんじゃないのかな。とにかく、近藤まりあの履歴書をお願いね」

と言って、執務室を出て行った。

私はその場で身じろぎもせず、自分の中で、剣持先生が何気なく発した言葉を繰り返していた。

――ずさんでテキトーな会社だから倒産する。

剣持先生は何も分かっていない。弱い人、困っている人の気持ちなんて、分からないのだ。

苛立《いらだ》ちとともに、不思議と嬉《うれ》しさが込み上げてきた。

剣持先生の欠点を見つけるたびに嬉しくなる。剣持先生の動きや言葉の端々から、彼女の未熟さを感じ取る。その度に彼女を見下すことができる。それが嬉しい。

彼女の未熟な言動はなるべく記憶しておいて、自分の中にストックしておこうと思った。ことあるごとに取り出して、眺めて、楽しもう。自分のように恵まれない人間には、そのくらいのことをする権利があるはずだ。

その晩のうちに、担当役員の安西にメールをしておいた。内部通報の調査のため、近藤まりあの履歴書を送ってほしいと依頼したのだ。

だが返信があったのは、二日経ってからである。

「だから、ゴーラム商会はこういうところがダメなのよ。対応が遅すぎる」

と剣持先生は、送られてきた履歴書を眺めながら言った。

私たちは、事務所の会議室で向き合っていた。

「通報があったら速やかに調べる。それが鉄則じゃないの」

先日は「調べる必要なんてない」と津々井先生に食ってかかっていたというのに、いざ調べるとなると乗り気である。

本人は「こんな、お金にならない案件はさっさと片づけてしまいましょう」と言っていた。

しかしそれも、どこまで本当か分からない。もともと剣持先生は津々井先生のお気に入りなのだ。細かい案件もソツなくこなすことで、更なる点数稼ぎをしたいのではないかと邪推してしまう。

22歳	小野山メタルに入社
24歳	小野山メタルが破産申請、解雇
	マルサチ木材に入社
26歳	マルサチ木材が民事再生申立、解雇
	高砂フルーツに入社
29歳	高砂フルーツが破産申請、解雇
	ゴーラム商会に入社
31歳	現在に至る

「ま、それはそれとして。確かにこれは、変な経歴ね」

手元の履歴書には、以下のようなことが書いてあった。

近藤まりあ。三十一歳。新宿区神楽坂《しんじゅくくかぐらざか》在住。

都内の中堅私立大学を卒業後、二十二歳で小野山《おのやま》メタル株式会社に入社。二十四歳のとき、小野山メタルが破産し、社員は全員解雇された。その後ほどなくして、マルサチ木材という会社に入る。だがその二年後、マルサチ木材は民事再生を申し立て、近藤は二十六歳で整理解雇されている。次に入社したのは、高砂《たかさご》フルーツ株式会社。高砂フルーツは、近藤の入社後三年ほどで破産している。

そして今回のクライアントであるゴーラム商会に入社した。現在、入社からちょうど二年が経とうとしている。

「確かに、これまでの三社とも、入社後二、三年で潰れていますね」

　私が言うと、剣持先生が続きを引き取った。

「そして、ゴーラム商会に入社して二年。ゴーラム商会は倒産の危機に瀕しているってわけね」

　だが、近藤という女が会社を潰して回っているとは、にわかには信じられなかった。

「単純に、不運な人なのでは？　笑えちゃうくらい不運続きの人って、実際いるじゃないですか」

　私の言葉に、剣持先生が首を傾《かし》げた。

「そうなのかしら。能力のない人だったら、経営の危ない会社しか引き取り手がいなくて、劣悪な環境を渡り歩く羽目になることってあると思う。だけど、この近藤って人は、大学卒業後、一貫して経理の仕事をしていて、専門性も高い。簿記一級も持っている」

　履歴書の資格欄を指さした。

「それにこの人、転職の度に年収が少しずつ上がっている。つまり能力は十分にあって、会社が潰れる度に、彼女自身はステップアップしているのよね」

　私は、履歴書とセットになった職務経歴書のほうに目を落とした。

　彼女の年収は、二百八十万円から始まり、三百三十万円、三百七十万円と上がっている。現在、ゴーラム商会での年収は四百五十万円だという。三十一歳の女性としては、なかなかのものだ。

「でもやっぱり変よね。そもそも、資格もある経理のプロなら、もっと年収の高い企業に行くこともできるんじゃないかしら。たった四百五十万円ぽっちで満足するのは不自然だわ」

剣持先生が眉をひそめる。

「別に、お金だけで会社を選ぶわけじゃないと思いますけど」

と一応、私は口を挟んだ。

だが確かに、近藤の会社選びは少し不自然に思えた。

一社目の「小野山メタル」は、金物屋から始まり、台所用品などをデパートや量販店に卸していた会社だ。次の「マルサチ木材」は、材木の卸問屋である。三社目の「高砂フルーツ」は、果実の販売をしていた。現職の「ゴーラム商会」はアパレルの販売を行っている。

物品販売という共通点はあるものの、扱っている商材は全く異なる。経理という職種は一貫しているとはいえ、業種選択がバラバラなのが気になる。

履歴書に添付された顔写真に視線を落とす。

黒髪を後ろで束ねている。前髪はリクルートでよく見かける七三分けだ。目尻の先に大きなホクロが一つ、目立っている。全体としてはあっさりとした顔立ちで、印象は薄い。キツネ顔ふうの美人だ。

「どうします？」

私が問うと、剣持先生はちょっと間をおいてから口を開いた。

「仕方ないわ。もうちょっと調べるしかない。この通報がデマだとしても、デマだってことは確かめなくちゃいけないから。各社の倒産原因を洗い出しましょう。この近藤という人が、明らかに倒産と無関係だと分かった時点で、調査は終了よ」

私は、手元の履歴書を見つめてため息をついた。もう倒産している会社だ。倒産原因を調べるのにも手間がかかるはずだ。

その点を指摘すると、剣持先生は呆《あき》れたように笑った。

「何言っているの。近いところから調べればいいわ。まずはゴーラム商会がどうして倒産しそうなのか調べましょう。うちの事務所の倒産チームが対応しているんだから、倒産チームに訊きに行こう」

「訊きに行くって、もしかして川村先生ですか？」

私は顔をしかめながら言った。

川村先生は、倒産チームのボスだ。津々井先生と同様、事務所創業時のメンバーの一人でもある。だからこそ、事務所名に名前を連ねている。

直接話したことはないが、見た目が怖い。筋肉質で浅黒く、なぜか色付きの眼鏡をかけている。外見だけだとインテリヤクザのようだ。声がとてつもなく大きくて、怒鳴り声で部下の鼓膜を破ったという伝説もある。が、それはさすがに誰かの脚色だろう。

「大丈夫よ、川村先生は話せば分かる人だから。弁護士としても優秀だし」

剣持先生は肘をついた状態で、手の平だけひらひらと動かした。なぜか上から目線の評である。

「津々井先生よりもずっとやりやすいわよ」

業界で評判の倒産弁護士だし、クライアントからの信頼は厚いと聞く。

けれども高圧的な人は嫌だ。怒鳴り声も苦手である。気が重くて、もう一度ため息をついた。


その日の午後、私たちは連れ立って、倒産チームが勤務するフロアへと向かった。

担当する法分野ごとに、ざっくりと執務エリアが分かれている。私たちが所属するコーポレートチームは女性弁護士も多いし、仕事はほぼパソコン上で完結するから、フロア全体がすっきりしている。


一方、倒産チームのフロアは、様子がかなり異なっていた。

ファックス付きのプリンターがずらりと並び、電話がひっきりなしに鳴っている。裁判所とのやり取りでは、いまだにファックスを使うらしい。

全体的にタバコの臭いが漂っている。執務室は禁煙のはずだが、喫煙する弁護士が多いため、スーツや持ち物に臭いが染み付いているのだろう。

ダンボールや書類が積まれた通路を、剣持先生はずんずんと進んでいった。歩くスピードが速すぎて、ついていくだけで息切れしそうになる。

「全く、ここはいつ来ても、なんでこんなに汚いのよ」

と言いながら、通路に落ちている空のペットボトルを拾い上げ、近くのごみ箱に投げ入れた。ごみ箱まで数メートルの距離があったが、ナイスシュートだった。

「整理整頓ができていないと、非効率よね」

確かに剣持先生は大雑把に見えて案外きれい好きだ。というか、身の回りに無駄なものがない。弁護士は自分のデスクで人生の大半を過ごす。そのためか、デスクの周辺に家族やペットの写真などを飾る人も多い。かく言う私も、自分のデスクには友達と旅行したハワイの写真を置いてあるし、パソコンにはお気に入りのレースカバーをかけている。多少でも可愛くしないと仕事のモチベーションが続かない。

剣持先生のデスクには、パソコンとキーボードがポツンと置かれているだけだ。荷物はいつも少ない。仕事以外に何の楽しみもない人なのだろう。

剣持先生は、角の執務室の前にすっと立ち止まって、

「ここね」

と言うやいなや、間髪を入れず、ドアをノックした。

相手が返事をする前に、ドアを開けて、

「失礼します」

と入っていく。

私は小走りになって、その後に滑り込んだ。

個室の奥に腰かけた川村先生が顔を上げた。

日焼けした四角い顔だ。むすっとした表情のまま、一言も発しない。噂通り厳《いか》つい風貌だ。身

体自体は中肉中背だが全体にゴツゴツしている。小型のゴリラのようにも見えた。

一瞬、川村先生と目が合ったが、私は思わず目をそらした。強面《こわもて》の男と視線を交わすのは愉快ではない。

剣持先生は何も気にしていないようで、いつもの通りの口調で、

「お時間ありがとうございます」

と言い放った。

川村先生は、再び手元の資料に目を落とした。

「後にしてくれ。忙しい」

噂で聞いていたよりは普通の音量だった。だみ声のわりに滑舌は良い。

きっぱりした物言いから、相手を拒絶している感じがひしひしと伝わってきた。小娘二人を相手にする暇はないと言わんばかりの様子だ。

こういった雰囲気、私は苦手だ。とても居心地が悪く感じる。

思わず、

「すみません、それではまた後ほど」

と口走り、剣持先生に横目で視線を送った。

しかし剣持先生は、私に構うこともなく、

「事前に秘書を通じて、お時間を確保していただいているはずです」

と言った。堂々とした口調だ。

そして許可も取らずに、部屋中央にある応接セットに腰かけた。私も慌てて剣持先生の隣に小さく座る。

事務所の中でも偉い弁護士には、こういう広い角部屋が与えられるのだ。応接セットの脇にはゴルフのパター練習マットが敷かれている。ドラマに出てくる昭和の社長室のようだと思った。

「それで、お願いしていた件ですけど、ご説明頂けますか？」

剣持先生はにっこりと営業用の笑顔を作ったが、口調はあくまで事務的だ。

「お願いしていた件とは？」

川村先生は、手元に顔を向けた姿勢のまま、視線だけ上げた。薄い色のついた眼鏡の奥に、細い目が光っている。

剣持先生は平然とした顔で答えた。

「ゴーラム商会の経営悪化の原因についてです」

川村先生は、手に持っていたペンをゆっくり机の上に置いた。

「君たちと私とは、チームも別だし、受けている案件も別」

酒焼けした太い声だ。

「クライアントの中での担当部署も別だろう。私の案件の情報を、君たちに融通することはできないよ」

言葉を切ると、私の顔をじろりと見た。すぐに手元の書類にまた視線を落とす。不機嫌そうに舌打ちをしてから、書類を一枚めくった。

自分たちの対応のせいで川村先生の機嫌を損ねているのではないかと不安になった。相手の機嫌を損ねている状況というのは、たいそう居心地が悪い。私はこういうとき、多少自分を曲げてでも、さっさと謝って事を済ませてしまいたくなる。

脇を見ると、剣持先生は涼しい顔をしている。ランチのあとにコーヒーを飲んで、一息ついたとでもいうような、リラックスした様子だ。

川村先生は五十代後半だ。私たちより三十年もベテランである。しかも津々井先生とは若いころからライバル関係にあったという。津々井先生の子飼いの弁護士である私たちを目の敵にしていてもおかしくない。

「事前にゴーラム商会に連絡を入れておきました。川村先生に案件を依頼している担当部署のほうでも、事務所内での情報共有を承諾されています。その旨、先生にも連絡が行っているはずです」

「私は聞いていていない」

川村先生はぴしゃりと言った。一瞥《いちべつ》もよこさない。

「先生、メール見てないでしょう。さっさと見てください」

剣持先生はそう言って、机の上に置かれた携帯電話を指さした。

川村先生は事務所の中でも機械オンチで有名だ。メールを打たせると誤字が多いし、メールチェックの回数も少ない。それでも、肝心のクライアント受けは良いのだから不思議だ。優秀な秘書や若手弁護士が支えているから、業務全体としては問題なく回っているのかもしれない。とはいえ、川村先生もその弱点を自覚しているらしい。剣持先生の指摘を受けて、あからさまに顔をしかめた。

忙しいからといって若手弁護士を追い返そうとしたり、苦手だからといってメールチェックを怠ったりする川村先生も困ったものだ。だが、剣持先生の態度も尊大でよくない。苦手なことをやれと命じられると、男の人はへそを曲げるに決まっているのに。

私は助け船を出そうと、恐る恐る口を開いた。

「川村先生、お忙しいところ申し訳ございません。我々コーポレートチームとしましても、ゴーラム商会の案件の重大性を認識しており、何とか対処しなくてはならないのです。しかし、津々井先生は顧問でありながら、ゴーラム商会の財務状況について、ほとんど把握されていないようなのです」

実際のところ、津々井先生はゴーラム商会の財務状況の悪化については前々から承知している。経営が悪化している企業にビッグディールが舞い込むことはない。そしてビッグディールがなければ、コーポレート弁護士の財布は潤わない。つまるところ、津々井先生はゴーラム商会を「金にならないクライアント」と見切り、放置しているのだ。

とはいえこの局面では、津々井先生の体裁を下げることで、そのライバルである川村先生に花を持たせるのが得策に思えた。

「ですから、川村先生のお力が是非とも必要なのです。このとおり」

丁寧に腰から頭を下げた。隣で剣持先生がつぶやいた。

「仕事なんだから、協力して当然でしょう。こうやって頭を下げないと協力してくれないってのが、そもそも間違っているのよ」

私はそれを無視した。頭を下げたままの姿勢で動かずにいる。

三秒、四秒、五秒……十秒くらい経過したところで、

「まあ、分かりましたから。頭を上げなさいよ」

と川村先生が言った。

私はすぐには動かず、

「ありがとうございます」

と言ってから、顔を上げた。そして、

「お忙しいところ恐縮ですが、何卒宜《よろ》しくお願いいたします」

と、さらに頭を下げる。

こういうのは、やりすぎるくらいが丁度いいのだ。

「まあ、まあ。頭を上げて。津々井の部下にも、なかなか見込みのある子がいるもんだな。なっ。

君、どうだい今度ゴルフでも」

川村先生は、さっきとは打って変わって破顔している。

剣持先生は呆れたように口を半開きにしながら、川村先生へ視線を注いでいた。

「ええでも、私、まだまだ下手ッピなんです」

と言って、小首をかしげた。

「可愛いゴルフウェアを着るためにゴルフを始めたようなもので」

こういうブリッコも、やりすぎるくらいで丁度いい。

「大丈夫だあ。変なところに飛んだボールは全部、哀田《あいだ》が走って拾ってきてくれるから」

哀田というのは、三十代後半の弁護士だ。

倒産チームで川村先生の右腕とも言われているが、その実、体よくこき使われているだけだ。

通常、弁護士として十年ほど働いて、三十代半ばになると、「パートナー審査」にかけられる。

「パートナー」とは、自分自身でクライアントを獲得して、事務所を共同経営するメンバーのことだ。

つまり、自力で客を獲れる見込みのある弁護士は「パートナー」になる。それ以外の弁護士は事務所を去るか、他のパートナーの補助的な業務を行うか、選択しなければならない。

哀田先生は実力も十分あったというのに、未だにパートナーになれずにいる。手下としての使い勝手のよさゆえに、川村先生が手放したがらないと聞く。

「そうだ。ゴーラム商会の件も、哀田に任せているから、明日にでも哀田に会社を案内させよう」

勢いよくそう言うと、川村先生は机の上の電話機を手に取った。内線で自分の秘書に指示を出しているらしい。

執務室を出ればすぐそこに秘書は常駐しているというのに、席を立たずに内線をするのは奇妙だ。しかし何でも内線で済ませる弁護士は多い。

私たちはにこやかに二、三、言葉を交わし、執務室を出た。

最初からこうやって、柔らかく対応すればいいのに。剣持先生が変に意地を張るから、話がややこしくなるのだ。

自分たちの執務室に戻りながら、剣持先生が口を尖らせた。

「なんであんなに下手に出るの？」

こちらからすると、どうしてあんなに直截的な言い方をするのか理解できない。おじさんなんて、適当にチヤホヤして、下手に出て、転がせばいいだけなのに。

「そのほうが話が早いからですよ。実際、頭を下げたことで、スムーズに話がまとまったじゃないですか」

剣持先生は、不満そうに腕を組んでいる。

「そんなことないよ。川村先生って、あんな感じだけど、話せば分かる人よ。別にペコペコしなくたって、あと何往復か押し問答すれば、こっちの要求を聞いてくれていたわよ」

そんな話、どこまで本当か分からない。

結局、私のパフォーマンスで話がまとまったのが不満なのだろう。

「ま、別にどっちでもいいんだけどさ。話をつけてくれて、ありがとね」

剣持先生はあっけらかんとした感じで言うと、さっさと自分の執務室に戻ってしまった。

こだわりのないその様子に、逆に腹が立った。私に嫉妬して、私に対して意地悪してくるほうがずっとマシだ。私のことなんて、いかにも眼中にないといった態度だ。見下しているわけでもない。そもそも無関心なのだろう。

胸の内で、黒い感情の破片が、少しずつ寄り集まるのを感じた。なんとしてでも、剣持先生の嫌がる顔や、苦しむ顔を見たいと思った。

自分が何を憎んでいるのか分からない。でも、強いていうなら、自分より「上」にいる人は、みんな嫌いだ。みんなして不幸になればいいのに。その時になって、助けてくれって言われても、絶対助けてやらないんだから。

そんなことを考えながら、その日は残務をこなした。不思議なことに、仕事は捗《はかど》った。いつもなら深夜零時を回るころに家に帰るのに、その日は午後十時に帰宅できた。

そして、帰宅した先で見つけたのは、ちゃぶ台に突っ伏して倒れているシマばあちゃんだった。

「ばあちゃん？」

小さく呟いて、駆け寄った。

片手だけ長くのばしたまま、その他の体は海老《えび》のように丸めている。明らかに、寝ているわけではないと分かった。目は固く閉じられている。苦しげに頬がゆがんでいた。

長く伸ばしたシマばあちゃんの手には、干し柿が握られている。私が作ったものだ。三分の一ほど食いちぎられた跡がある。

瞬時に最悪の事態が頭に浮かんだ。腹の底が冷えた。シマばあちゃんは八十二歳だ。いつ何があってもおかしくないのだ。私はこれまで、そのことを考えないようにしていた。いざ目の前に突き付けられて、とても驚いていた。とっさには身体が動かなかった。

鞄を床に下ろすと、急に力が抜けて膝頭が震えた。シマばあちゃんの羽織っているピンクの透かし編みカーディガンの目が鮮明に見えた。つけっぱなしになっているテレビから、スポーツニュースが漏れている。内容は何も頭に入ってこない。

呼吸をするのも忘れそうになっていた。私は意識して、すうはあ、すうはあ、と呼吸を整えた。酔っ払いのように左右に揺れながら、恐る恐るシマばあちゃんの口元に手の平をかざす。

生温かい吐息が、指先をかすめた。

息があった。

息をしている！

思わず、干し柿ごと、シマばあちゃんの手を握った。温かさが残っている。意識を失っているだけのようだ。一瞬で様々な病名が脳裏に浮かんだ。いずれにしても、速やかに治療を開始しないと手遅れになるかもしれない。

その後の私は冷静だった。すぐに携帯電話を取り出して、救急車を呼んだ。

「ばあちゃん、ばあちゃん」

救急車を待つ間、声をかけ続けた。

「ばあちゃん、大丈夫だからね。全然大丈夫だからね」

誰に向かって言っているのか分からなかった。ちゃぶ台の木目が、こちらをじっと見ているような気がした。声をかけても無駄だと笑われているように思えた。けれども、私は言葉を発し続けた。何かしら話していないと、私までおかしくなってしまいそうだ。

「ばあちゃん、イケメンと結婚するって言っていたもんね。だから大丈夫よ」

言いながら、自分の不運を呪った。

奪われるばかりの人生だ。

何かを積み上げようとしても、すぐに足元から崩れていく。どんなに頑張っても、這《は》い上がれないのかもしれない。

背後から冷気が漂ってきた。玄関の扉を開けっぱなしにしていたようだ。

私はひとり、くしゃみをした。固く握ったシマばあちゃんの手が温かいことだけが、私の希望のように感じられた。

3

救急車に乗って十分後には、シマばあちゃんの意識が戻った。話せはしないが、ゆっくりと瞬きを繰り返している。医者によると、心筋梗塞らしい。

病院に着いてすぐ、緊急処置室に入った。私は帰ってもいいと言われた。が、帰る気にもなれず、待合席に座ったまま一夜を過ごした。仕事着のままでジャケットを着ていたが、照明を抑えた病院内は寒々しかった。ストッキングを穿いた足元が冷えて痒《かゆ》い。待ち時間にすることもない。ぐったり疲れていた。目を閉じて少し眠ろうとしたが、気が張っているせいで寝付けない。

じりじりと数時間が経過したところで、看護師から呼ばれた。

「発見が早かったのが、不幸中の幸いでしたよ」

と医者は言った。

血管が詰まった時点から、どれだけ早く治療を行えるかで、生死が分かれる。シマばあちゃんのような高齢者の場合、基礎疾患を持つ者も多く、生存率はそう高くない。今回は発作後すぐに私が発見したことで一命をとりとめたのだという。

複雑な気分だった。

昨日は、剣持先生の態度が気に食わなかった。イライラしていた。不思議とイライラしているほうが仕事は早く済んだ。そのおかげで、シマばあちゃんが死なずに済んだのだ。人を呪わば穴二つと言うけれど、私の場合は、人を呪う力が身を助けたわけだ。

早朝にはシマばあちゃんの容体は安定していた。

私は一旦家に帰り、タオルや寝間着など入院に必要なものを見繕って、病院に届けた。売店でもいくつかの日用品を買う。

一通りの手続きを終えても、まだ朝の十時半だ。

頭が重かった。数分に一度あくびが出るが、目は異様に冴《さ》えていた。昼過ぎには眠くなるかもしれない。くたくたになるまで起きていて、限界が来たところで泥のように眠ればいい。

これから仕事に行こうと思った。シマばあちゃんの傍についていたい気持ちもある。しかしどちらかというと、弱ったシマばあちゃんを直視したくなかった。容体は安定している。私にできることは何もない。傍にいても仕方ない。それなら働いたほうがいい。入院費用だって、かかるんだから。そう自分に言い聞かせた。

気持ちを切り替えようと、病院内のコーヒーショップに入った。ホットコーヒーを買う。片手に持って、ちょうど店から出た時だった。

「あれ？　玉子ちゃん？」

後ろから男の声がした。

急に名前を呼ばれて思わず肩をびくつかせる。振り返ると、白衣姿の太った男が立っていた。

つぶれたカエルのような顔を見て思い出した。

「あ、先日の飲み会の」

可愛い声を出すのも忘れて、地声で漏らした。

この前の合コンのときの、ブサイクな医者だ。美法のために開いた合コンである。商社マンと医者が参加していた。名前は覚えていなかった。その場では盛り上げるのだけど、実際のところ興味のない男の名前は全然覚えられない。いつもなら適当にごまかすのだが、今日は顔に出ていたのかもしれない。

「ええ、先日はどうも。築地《つきじ》です」

察したのか、男のほうから名乗ってくれた。

「この病院の放射線科で働いているんです。ええっと、玉子さんは?」

いつのまにか、「玉子ちゃん」から「玉子さん」に呼び方が変わっているのは、彼なりの遠慮なのかもしれない。

確か築地は、先日のお店からそう遠くない病院で働いていると言っていた。このあたりにある総合病院は限られている。我が家の最寄りの総合病院だったのか。へえ、とは思ったが、驚く元気は残っていなかった。

「昨晩、祖母が倒れまして。幸い、命は助かりましたので、私は一旦、仕事に戻るのですが」

築地は、小さい目を数度瞬かせた。

「それは大変でしたね」

悪くない言い方だった。

嫌味なく、同情するわけでもなく、フラットな感じだ。

「今日くらいは、玉子さんもゆっくりしたらどうですか。お仕事も忙しいでしょうけど」

築地の意外な優しさに心がほぐれそうになった。だが、ふと仕事のことに思い至って、急に気分が引き締まった。私のような者はせめて働かないと、もっと惨《みじ》めな境遇になるかもしれない。

弁護士になって毎日働いていても気は抜けなかった。

「お気遣い、ありがとうございます。でも大丈夫です。祖母の容体は安定しているようですし」

「そうですか。それは良かったです」

築地はそこで言葉を切って、視線をそらした。

「落ち着いたら、食事でもどうですか。玉子さん、疲れてらっしゃるみたいだから、そういう時は、美味《おい》しいものを食べるのが一番ですよ。ご馳走《ちそう》しますから」

「ええ、ぜひ、落ち着いたら」

築地と食事に行くことについて、具体的な考えがまとまったわけではない。社交辞令として、自動返答のように発していた。小さくお辞儀をして、その場を離れる。

何というわけでもないが、少し気分は軽くなっていた。築地が何気なく発した「大変でしたね」という言葉のおかげかもしれない。

誰かに同情されるのは嫌いだ。だけど自分の大変さについて、誰かに理解され心配されたいという気持ちはある。それが厄介なのだ。


事務所に着いたときには昼前になっていた。

もともと弁護士は夜行性で、昼過ぎから働く者もいるから目立ちはしない。

早足を緩めることなく執務室へ向かうと、案の定、剣持先生が立っていた。外出用の黒いコートを着ている。

「遅い、遅い。集合時間、ギリギリじゃない。行くわよ」

今日は外出の予定があった。

剣持先生は私の反応を窺うこともなく、さっさと歩きだす。

後ろについて歩きながら、剣持先生が手にしている鞄に目を留めた。一見して高級ブランドのものである。成金趣味で嫌になる。

私だってかなり稼いでいるけど、もっと実のあるものに使おうと貯金している。

ふとシマばあちゃんのことが頭に浮かんだ。しかしすぐに考えるのを止《よ》した。せっかく働いているんだから、働いている間は、他の心配事を持ち込みたくない。

シマばあちゃんが倒れたことは、職場の誰にも言っていなかった。

自分の百パーセントを仕事に充てられる人だけが生き残る世界だ。生活環境に陰りがあると見なされると、「配慮」という形で大きな案件から外されることもある。現に、出産した女性弁護士は、企業の法務部へどんどん転職していくのだ。

こういう過酷な環境でも、剣持先生のように難なく活躍する人もいる。でもだからこそ、剣持先生のような人に、弱みを見せたくない。

私たちは事務所の前でタクシーを止めて、汐留《しおどめ》にあるゴーラム商会の本社に向かった。

ゴーラム商会は十二階建ての自社ビルを構えている。築年数は二十年ほどで、新しい建物ではないが、従業員数二千人足らずの会社としては、なかなか豪勢な構えだ。

だが近くで見ると、窓は磨かれておらず、雨水の垢《あか》がついているのが気になった。エントランスのマットも、端のほうが捲《めく》れたままだ。

受付に人はいないし、警備用のフラッパーゲートも電源から止まっていた。

受付前のソファ席に座っていた男が立ち上がって近づいてきた。

哀田先生だ。

「剣持先生、美馬先生。今日はどうも。ご足労頂きまして」

こちらから案内を頼んでいるというのに、あくまで腰の低い物言いだ。

痩せ型の長身で、マッチ棒のような身体をしている。顔も細長くて、垂れた眉がいかにも気弱な印象を与える。痩せこけたヤギのような印象だ。

押し出しの強い川村先生に顎で使われている様子が、容易に想像できた。

「さっ、行きましょうか」

なぜか剣持先生が先導して、歩き始めた。初めてきたオフィスのはずなのに、自分の家のように堂々としている。

受付脇を抜け、エレベーターで三階にあがる。哀田先生に案内されたのは、廊下の隅の書庫室である。ごみ置き場の隣にある、窓のない部屋だった。

二十畳ほどの空間に、書架がずらっと並んでいる。古い紙に特有の乾いた臭いが漂っていた。その臭いに刺激されたのか、急に頭がクラッとした。めまいというほどではない。軽い頭痛だ。哀田先生や剣持先生に悟られないよう、こっそり片手でこめかみを押さえた。

「あら、大丈夫？」

脇から穏やかな声がかかった。

驚いて振り返ると、小太りの女性がこちらに駆け寄ってきた。書架脇の狭いスペースに事務机とパイプ椅子が置かれている。先ほどまでその椅子に座っていたようだ。

「頭痛いの？　私の鎮痛剤でよかったら使ってくださいね」

そう言って、女性は私の顔を覗き込んだ。至近距離で目が合って、どきりとした。

ぱあんと張った丸顔に、大きく丸い目が揺れている。西洋人形をそのまま太らせたような顔立ちだ。ほとんど化粧気はないが、きめの細かい肌には艶がある。

「大丈夫です。すみません、ありがとうございます」

私は言いながら、軽く頭を下げた。一歩下がって、女性を見つめ返す。

ぽっちゃりしているが、背はそう高くない。全体のフォルムとして洋ナシ形のマトリョーシカを思わせた。肌艶からすると、二十代半ばに見えないこともない。だが、簡単に一つ結びしただけの黒髪と、落ち着いたグレーのワンピース姿からは三十代以上だろうと推測された。

「どうも、只野《ただの》さん」

哀田先生がにこやかに話しかけた。そのまま剣持先生と私のほうへ向き直って、女性を紹介した。

「こちら、ゴーラム商会の総務課長の只野さんです」

只野と紹介された女性は、名刺を取り出した。私たちもとりあえず名刺を出す。

「狭いところですみません。会議室をとってもよいのですが、こちらのほうが話は早いので」

只野さんが、ゆったりした口調で言った。

「只野さんは、この件に一番詳しいですから、同席して頂くことにしました」

哀田先生の説明に対して、只野さんが微笑んだ。口の脇に小さいえくぼができて愛らしい。

「何でも聞いてください。私は転職組で、三年前に入社したばかりですので、古い話は分かりませんが」

一言二言、挨拶を交わしながら、それぞれが腰を下ろした。椅子の金属がワンピースの裾から伸びた膝の裏に触れて、ひやりとした。

「それで、本日ですけれども」

剣持先生が早速切り出すと、

「聞きたいのは、ゴーラム商会の経営不振の原因、ですよね」

と、哀田先生が引き取った。

「只野さん、あの契約書を……」

只野さんは素早く立ち上がると、三段奥の書架へまっすぐ向かった。すぐに一冊のドッチファイルを抱えて戻ってきた。

「経営不振の原因、色々とありますが、一番の原因はこれです」

哀田先生は、只野さんから受け取ったファイルを開き、一通の契約書を指さした。「独占販売契約書」というタイトルがついている。

「ああ、これは。昨年解約されたと噂の」剣持先生が口を挟んだ。

哀田先生が、苦い表情で口を開いた。

「ゴーラム商会の主力商品は、フランスのランダール社から仕入れている服飾品です。売上の四割を占めていました。ランダール社とは長い間、独占販売契約を結んでいた。他の業者に卸すことはできないし、ランダール社が直販することもない。だからこそ、ゴーラム商会の売上が安定していた。その売上を支える最重要契約が、コレというわけです」

哀田先生が契約書を数枚めくって、ある条文を指さした。

「ここを見てください」

原文は英語だが、大要以下の内容が記載されている。


本契約の有効期間は、××××年一月一日から同年十二月三十一日とする。

第三十九条（期間）

「よくある契約期間の定めです。昨年末、契約期間を満了して、独占販売契約は終了しました。契約の再締結はありません」

「再締結の交渉が上手くいかなかった、ってことですか？」

剣持先生の質問に対して、哀田先生が首を横に振った。

「いえ、そうではないんです。不思議なのですが、現場では、自動更新条項が入っていると思っていて、再締結の交渉をすることもなく、漫然と契約期間の満了を迎えたそうです」

「自動更新条項？」剣持先生が怪訝《けげん》そうに聞き返した。

自動更新条項というのは、「契約の有効期間満了の○カ月前までに、どちらかが契約終了を言い出さない限り、同じ内容で契約を続ける」と定めておくものだ。

この条項を入れておくと、何もしなくても契約が有効に続く。毎年契約を結びなおす手間が省ける。長い付き合いを行う企業間では、そのような条項が入っていることが多い。

「これまではずっと入っていたそうなのです。十年以上前に結んだ契約を、毎年、自動更新してきました。ところが、ちょうど一年前に、ランダール社から独占販売料を改定したいという申し出があったそうです」

「値上げしたいってことですか?」

哀田先生が、再び首を振った。「いえ、値下げしたいという申し出です」

「それなら、ゴーラム商会さんにとって、お得な申し出ですよね。独占販売のために払っている手数料が安くなるんだから」

剣持先生の言葉に、只野さんが神妙な顔つきで頷いた。

「ゴーラム商会にとって有利な申し出を、どうしてランダール社から言ってくるのか、不審視する声は当時からありました。ランダール社の説明は、為替レートがどうのこうのというもので、釈然としないものでしたし。コンプライアンス担当の役員である安西も、もっと詳しく調べるよう指示を出していたのですが、営業部の声が大きくてうやむやになってしまったのです。うまい話に飛びついたという感じですよね。後から振り返ると、そうなのですが……」

「現場にヒアリングした結果、どうやらこういうことらしいです」

哀田先生が説明を引き取った。

「独占販売料の改定のために、一年前に新しい契約書を取り交わした。金額を変えるだけだから、これまで入っていた自動更新条項もちゃんと入っていた。少なくとも、ドラフト段階までは」

「ドラフト段階まで？」

「はい。ランダール社が提示したドラフトには入っていました。その内容で内諾して、ゴーラム商会の社内稟議《りんぎ》に回った契約書にも、自動更新条項は入っています。これは社内の稟議記録にも残っています」

哀田先生は、ドッチファイルを数枚めくって、稟議書を示した。そして、その稟議書に添付されている契約書のドラフトを開いて見せた。

第三十九条（期間）
本契約の有効期間は、××××年一月一日から同年十二月三十一日とする。ただし、有効期間満了日の二カ月前までに、いずれかが申し出なかった場合、本契約は同内容で一年間、更新される。

「自動更新条項、入っていますね」

私は、条文の後半を見つめながら言った。

「そうなんです」哀田先生は、困ったように眉尻を下げた。

「ドラフトにも入っている。稟議書にも入っている。しかし、いざ契約書の原本をみると、抜け落ちているんだ」

私は契約書の原本と、稟議書添付のドラフトを見比べた。自動更新条項だけが抜け落ちている。あり得るとすれば、契約書原本に細工をする手法だ。

通常、メールなどで契約書データのやりとりをして、内容を確定させる。そのあとに、紙の契約書を郵送して署名捺印《なついん》を交わす。契約書は、どちらかの会社が相手方の分まで製本し、郵送することが多い。製本といっても、最終ドラフトをプリントアウトして袋綴《ふくろと》じにするだけだ。

だがまれに、最終ドラフトとは異なる文言の契約書を綴じて送ってくる会社がある。単純ミスのこともあるだろうし、もしかすると悪意があるかもしれない。

だから、会社としてはなるべく自社で製本をする。

もし、相手方に製本を任せるなら、郵送されてきた契約書原本の内容を確認したほうがよい。最終ドラフトからずれていないか、文言を照らし合わせるのだ。もちろん、会社によってチェックの厳しさには温度差がある。けれども、会社の命運がかかっているような重要契約であれば、念のための確認は欠かせない。

「原本の製本をしたのはどちらですか？」剣持先生がすかさず訊いた。

「ランダール社です」只野さんが答えた。

「受領した契約書原本の文言確認は？」

「さあ……それがよく分からなくて。私たち総務課は、受け取った契約書に捺印する作業だけを担当しています。それまでの契約書のチェックは、法務課の担当です。しかし当時の法務担当者たちは、もうみんな辞めてしまっていて、連絡がとれないんです。案件の量に比して人員がとても少なかったので、けっこう杜撰《ずさん》なチェック体制だったかもしれません。契約書の最終チェックを省いていても、おかしくないです」

「なるほどねえ……」剣持先生が腕を組んで、呟いた。

「ランダール社のだまし討ちに、まんまと引っかかったってことですか？」

あまりにも直截的な言い方だと思ったが、要約すると、そういうことだ。

只野さんも反論しない。

今まで自動更新条項で、自動的に契約書が生きていた。それが一年の期限付きの契約に差し替えられる。ゴーラム商会はその事実を知らないまま、一年間が経過する。そのタイミングで、契約書は失効してしまう。

「契約書が失効してしばらくしてから、ランダール社から、契約終了の通知が来ました。そのときになって初めて社内は事態を把握して、今に至るわけです」

哀田先生は淡々と説明を続けた。

「ランダール社は日本法人を設立して直販を始める予定らしい。昨年から秘密裡にその準備は進んでいたようです。ベテランの販売員たちがどんどん引き抜かれている。ゴーラム商会としては自社ブランドを強化したり、いろいろと足掻《あが》いているものの、早々に資金繰りがショートしそうです」

私は剣持先生の表情を盗み見た。頬に手の平をあてて、考え込んでいるように見える。

そもそも今回の調査のきっかけは、「近藤まりあ」という社員に対する通報だ。彼女が会社を倒産させているのか、調べている。というか、わざと倒産させるなんて普通はできない。近藤が無関係であることを確かめに来ただけだ。

ゴーラム商会はランダール社の策略にはまって、独占販売契約を打ち切られた。その結果、倒産の危機に瀕している。近藤まりあは無関係ということになりそうだ。

だが、ランダール社が単独でそんな悪事を働けるとも思えない。ゴーラム商会側に内通者がいたと考えるのが自然だ。

「なんか変ね」剣持先生が急に呟いた。

「うん、おかしい。ちょっと、ねえ、変じゃない?」

と私のほうを向いた。

「いま十月よ。契約書が失効したのは去年の末。契約書が失効していた問題について、どうして顧問弁護士の津々井先生に相談しないのかしら」

言われてみれば確かにそうである。いくら津々井先生がゴーラム商会を放置ぎみだとしても、会社の命運を左右する問題だ。相談があれば、流石《さすが》にきちんと対応するはずだ。

「えっと、その」

只野さんが居心地悪そうに口を開いた。

「弁護士先生に相談して、どうにかなるものでしたか？　だって、契約書は取り交わしてしまっているのですし……」

「どうにかならないことも、ないですよ」

剣持先生がなぜか自慢げに答えた。

茨《いばら》の道ではあるが再交渉を試みることはできる。最悪の場合、ランダール社を相手取って訴訟をするといった方策はあり得る。時間もかかるし、どれだけ上手くいくかも分からないけれども、何もせずに潰れていくよりはよい。

只野さんは口を小さく開けたまま、固まっている。もともとは頬の血色がよくて、いかにも健康的な印象だ。今は、頬をさらに赤らめている。

「あの時、どうにかしてれば、うちは助かったかもしれないのですか？」

興奮気味に訊いた。口元が震えている。

「今からでもベストを尽くしますよ」

と哀田先生がすかさず請け合った。力強い口調と裏腹に、哀田先生の目元は暗かった。ただでさえ忙しい人だ。疲れがにじんでいてもおかしくない。

「今からでも、どうにかなるものですか？」

只野さんの大きな目の中で、瞳が左右にせわしなく動いている。先ほどまではゆったりと朗らかな印象だったのに、急に表情を一転させたことに驚いた。

「ええ、きっと、僕たち倒産弁護士が全力を尽くして、なんとか会社を蘇生《そせい》させます。だから只野さんは落ち着いて日々の業務を――」

「本当に？　本当に会社は助かりますか」

只野さんはじっと哀田先生を見つめた。

「ええ、必ず助けます」

哀田先生はきっぱり言い切った。

「実は、ここだけの話ですが、御社の事業の一部を売却することで、ある程度まとまった現金を手に入れることができそうです。現金さえ入れれば、延命できます」

「えっ、本当ですか？」只野さんは目を見開いている。

「本当です」哀田先生は力強く頷いた。

私はびっくりして、哀田先生を見つめた。もともと表情の乏しい人だ。どんなに忙しくても、怒ったり怒鳴ったりすることはないと聞く。だが、そういうところに、ロボットのような不気味さもある。丁寧な物腰の裏で、何を考えているのか全く分からなかった。

弁護士が「必ず助けます」と断言するのはおかしい。弁護士の仕事に百パーセントはない。「必ず勝ちます」とか「必ず成功させます」とか、そういうことを言う弁護士は逆に信用できない。哀田先生は、十年以上も弁護士として働いているのに、軽々しく成功を請け合うなんて、信じられなかった。

それに事業売却の予定があるとしても、只野さんに漏らしてはいけないはずだ。事業売却は大抵、会社の上層部で進んで、ギリギリになって現場に話が下りてくる。そうしないと現場で混乱が広がって、売却自体が潰れてしまうこともある。いくら只野さんを励ます意図があったとしても、哀田先生の言葉かけはやりすぎだ。

只野さんは依然として落ち着かない様子だ。机の上で両手の指を組んだり、外したりしている。

「もともと営業販売職ばかりの人員構成で、管理部門が弱くて。そんななか、法務の人たちがごそっと辞めてしまって。契約書を扱える人が全然いないんです。私が見様見真似でやっていたので、その……。顧問弁護士に相談するといった基本的なことが分かっていなくて。私がきちんと動いていたら、会社は助かっていたかもしれないと思うと」

「法務の方々は、どうして離職を？」

淡々とした口調で、剣持先生が訊いた。動揺する只野さんに対して、冷ややかな目を向けているように見えた。

只野さんは、曖昧な表情のまま、首を傾げた。

「さあ。不満があったのでしょうけど、今となっては分かりません」

剣持先生は表情を変えずに、質問を続けた。

「あなたは誰かに相談しようと思わなかったのですか？　上司とか、役員とか」

只野さんは首を横に振った。

「うちの上司たちは、都合の悪い話は耳に入れようとしないのです。現場で対処しろ、と丸投げで。仕方なく、私も経理の方《かた》と相談したりしながら、なんとかやっていて」

急に経理の話が出てきて、私は姿勢を正した。

剣持先生も同じところに引っかかったらしい。

「その、経理の方って？」

「えっと、近藤さんって方なんですけど」

「近藤まりあさん？」剣持先生が身を乗り出して訊いた。

「近藤さんのこと、ご存じなんですか？」

只野さんは目を丸めている。

「とっても優秀で、色々と相談に乗ってもらっていました」

剣持先生と私は顔を見合わせた。

剣持先生は口を尖らせて、ひょっとこのような顔をしていた。彼女なりに驚いているのだろう。

剣持先生にしては、ブサイクに見える表情だった。せっかくだから、その顔を覚えておこうと思った。

第二章　あちらこちらの流血

1

私たちは、事の仔細を津々井先生に報告し、指示を仰いだ。

津々井先生の答えは「調査続行」だった。ランダール社のやり口は奇妙であること、近藤まりあが無関係とはいえないことが主な理由だ。

確かにランダール社のやり口は奇妙だ。ゴーラム商会の法務機能が弱いことや、営業部門の意見が通りやすいことなど、ゴーラム商会内の情報を入手しない限り、仕掛けられないような罠《わな》だ。日本サイドに協力者がいたと考えるのが自然だろう。

そして、その協力者が近藤まりあである可能性は、否定しきれない。

それから数日かけて、ゴーラム商会でヒアリングを実施した。

だが、事態は判然としなかった。

「社内で誰も、契約書に興味がない感じでしたね」

私は、ヒアリング結果をまとめた報告書を見つめながら言った。剣持先生は私のデスク脇のソファでくつろいでいる。

「もともと法務を大事にしない会社ではあったのよね。だから、顧問弁護士として津々井先生が色々とアドバイスしたところで、営業の理屈で曲げられて、社内で通らないこともよくあった。

あの会社で法務のメンバーが次々離職するのは、まあ、想像できるわ」

話しながら、剣持先生は伸びをしたり、腰を曲げたり、ストレッチに勤《いそ》しんでいる。最近は夜の十時を過ぎると、身体を動かしがてら私の執務室に来るようになった。

「でも結局、近藤まりあの関与はよく分からなかった、と」

剣持先生のストレッチにつられて、私も首を回した。肩が凝っているようだ。

どの社員に訊いても、近藤まりあは優秀な経理課員だということだった。ただそれは、割り当てられた仕事を正確にこなす、という範囲のものらしい。自分の仕事が終わったらさっさと退勤してしまう。後輩や同僚が忙しそうにしていても手伝わない。協調性の低さも指摘された。

「変よねえ。近藤は経理課員に対しては非協力的なのに、総務の只野さんの相談には乗っていたというわけだから」

只野さんによると、ランダール社からの契約終了の通知が届いた際にも、近藤に相談したという。近藤は只野さんをしきりに慰めた。

「仕方ないよ。いつまでもランダール社頼みっていう企業体質がよくなかったのだし。うちも自社ブランドを強化して、戦わなくちゃいけない時期なんじゃない」

その言葉を聞いて、只野さんの気持ちは軽くなった。あとは商品開発や営業の問題で、総務としては特にできることはないと判断したのだった。

それで顧問弁護士に相談することもなく、今に至るというわけだ。

ランダール社の奇襲に対して、抵抗することなく漫然と過ごして、手遅れ一歩手前のところまできている状況である。

「あの、もう一つ気になることが」

私は自分の椅子を回転させて、剣持先生に向き合った。

「近藤は、SNSに頻繁に写真をアップして、華やかな生活をアピールしていたようです」

近藤に関して、複数の社員が「近藤さんはいつもお洒落《しやれ》で華やか」だと証言している。

アパレル企業だからお洒落な人が多いのは当たり前である。しかし社員たちの口調がどうも、純粋な称賛というより、やっかみ半分のように聞こえたのだ。

その点を指摘すると、剣持先生は首を傾げた。

「そうだったかなあ。普通に褒めていたような気がするけど」

これだけ思いのままに暮らしている人だ。誰かに嫉妬する気持ちが分かるはずもない。見下されないように虚勢を張る必要もない。嫉妬したり、されたりといった人間関係に巻き込まれずに生きてきた。そのために、人の言葉の中にまじる嫉《ねた》みや侮りを感じ取るセンサーが発達していないのだろう。

「見てください。このアカウント」

私はパソコン上に、近藤まりあのSNSアカウントを表示させた。

「こんな感じで、キラキラした生活をアピールするから、同僚たちからは疎まれていたのかもしれません」

　ある女性社員から教えてもらったＳＮＳのアカウントを覗くと、近藤の私生活が垣間見《かいまみ》られた。履歴書に添付された写真と比べると、ずっと晴れやかな笑顔を浮かべていた。ひっ詰めていた髪も、綺麗にブローされた状態で下ろしてある。

　ホテルラウンジや高級フレンチに出入りし、シーズンごとに海外旅行に出かけている。特別な用事もないのに、「おこもりデイ」などと称して、都内のシティホテルに滞在することもある。

　ＳＮＳにアップする内容には匙《さじ》加減が必要だ。充実した生活をしているアピールも多少しないと、地味な子だと見下される。一方、やりすぎても嫌われる。だから皆、ほどほどに盛った写真を上げつつ、謙遜するようなコメントを入れておくのだ。

　近藤の投稿は、明らかにやりすぎだった。

『フォーシーズンズホテルのラウンジに行ってきました。ピアノの生演奏って素敵♬』

『シェフの磯貝《いそがい》さん。いつもお世話になっています。とっておきのワインとともに』

とか、とにかく自慢っぽい。

　自分と横並びのはずの会社の同僚がこんな投稿をしていたら、快く思わないのは当然だ。こういった細かいところを含めて、近藤は同僚たちと摩擦があったのではないか。

　摩擦や嫉妬の末、「近藤に痛い目を見せてやろう」と近藤を犯人に名指しする通報をしたとも考えられる。よっぽど繰り返し悪質な通報をしない限り、内部通報窓口の通報者が誰なのか、特定されることはない。

「キラキラした生活ねえ。楽しそうでいいじゃない」

と呟きながら、剣持先生はストレッチを止めた。

スッと立ち上がって近づき、いつの間にか私のパソコンを覗き込んでいた。一つずつの動作が速いから、急に近寄られると毎回びっくりする。

いつもなら何かを見るとすぐにコメントする。

だがこの時は、画面をじっと凝視して、目を見開いた。

「これ、下にスクロールして」

普段の明るい口調は消え、語気に硬さがある。

私は戸惑いながらも、画面をスクロールさせて、すべての投稿を剣持先生に見せた。

「これはおかしいね」

片手を頬にあて、顔を画面にぐいぐいと近づけてくる。ちょっといい匂いがした。私は慌てて剣持先生をよけた。

「見てよ、この写真」

投稿の一つを指さす。

ホテルラウンジでアフタヌーンティーを楽しんでいる様子だ。このアフタヌーンティーだって、ひとり五千円以上するものだろう。

「このバッグ、二百五十万円はするよ」

「二、二百五十万？」

思わず声が出た。剣持先生の指摘は、私の想像の上を行っていた。

「そりゃそのくらいするわよ。オーストリッチのバーキンだもん。場合によってはもっとするかも」

バッグなんていう、モノを持ち運ぶだけの袋にそれだけの金額を注ぎこむ人がいるとは思わなかった。いや、実際にそういう高級商品があって、この世の誰かは買っているということは知っていた。しかしそんな話はどこか現実感がない。自分の世界とつながっているとは思えなかった。私だって、おかしく見えないよう、綺麗に見えるよう、身なりには気を使っている。とはいえ根が貧乏性だから、いかに安く、いかにお得にまとめるかに苦心してしまう。そういう創意工夫に一種のプライドを持っているところもある。

「百万円以上するバッグなんて、初めて見ました」

素直な感想が漏れた。

剣持先生は何ともないという感じで、

「何言ってんの。私がいつも持ってるバッグ、百五十万円くらいするよ」

と言い放った。

「ええ、百五十万」私は唾をのんだ。

確かに、雑誌で見たことある高級バッグだとは思った。

正直いって、ブランドバッグにそこまで詳しくない。だから、ざっくり二十万円くらいと値踏みしていたのだ。

剣持先生が不審そうに、私の顔を見つめた。

「別に美馬先生だって稼いでいるんだから、買おうと思えば買えるでしょ」

「いや、私は貯金とかいろいろ」

と言って、すぐに口を閉ざした。

シマばあちゃんのことを思い出して、胸の内がさっと冷めた。数日おきに見舞いには行っている。昨日、今日と顔を出せなかったから、明日は見舞いに行かなくてはと思った。

剣持先生は、私を気にすることもなく、立て板に水のように話し始めた。

「それで、この近藤よ。つけているブレスレットはカルティエ、三十五万円。腕時計もカルティエ、これは八十万円くらいかな。ワンピースは去年のジバンシィのコレクションライン。二十五万円はする。この脇に置いてあるコートはセリーヌのカシミヤ、六十万円くらいのものよ。これだけで全身で四百五十万円。靴は写っていないけど、どうせ高級品を履いているのだろうし」

人の持ち物をパッと見て、ひとつひとつ正確に値段が分かるものだろうか。

ここまでくると特技というべきで、剣持先生を憎いとか嫌いとかいう気持ちは一旦脇に置いて、感心してしまった。

「この人、年収、四百五十万円だったわよね。どうしてこんな生活ができるんだろう。そもそも住んでいるところも確か、神楽坂のいいマンションだったわ。実家が裕福なのかしら?」

「いえ、そんなことはありません」

私は首を横に振った。

「同僚たちによると、彼女は東北の出身で、両親は役所だったか農協だったか、お堅い感じの仕事をしているそうです」

「もしかすると、恋人が金持ちとか、誰かお金を出してくれる人がいるのかもしれないけど」

剣持先生の意図するところは分かった。

彼女がこれだけの生活をするためには、何らかの副収入が必要だ。

「そもそも今回の契約書差し替えの件、ランダール社が単独で行うとも思えないのよね。普通、最終ドラフトから勝手に文言を変えたりしないわよ。相手方が気づいて揉めるだけなんだから。ゴーラム商会側に協力者がいるはずよ。近藤が、ランダール社に協力する見返りに、報酬をもらっていると考えると辻褄《つじつま》は合う」

私はパソコン画面に表示された近藤の写真を見つめた。

明るい日差しが差し込むラウンジで、満面の笑みを浮かべている。

彼女はこの笑顔のために、一線を越えたのだろうか。

「でもまあ、只野さんが嘘をついている可能性もあるわよ。只野さんが犯人で、近藤に擦《なす》り付けているかもしれないんだから」

只野さんは、契約書の製本・保管を担当する総務課の課長である。契約書を差し替えたり、他の人の手に渡らないところに保管したりすることができる。ランダール社の内通者としてはうってつけだ。

「そのあたりは、訊いてみるしかないわね。近藤本人とのヒアリングを組みましょう。その内容次第で、只野さんからも改めてヒアリングすればいいわ」

剣持先生は明るい調子で言った。

だが私の気分は沈んでいた。

仮に、近藤がランダール社の内通者として、ゴーラム商会の経営悪化に一枚嚙んでいたとする。彼女が在籍していた会社は、これまで三社連続で潰れているのだ。これまでの会社も彼女の仕業なのだろうか。

そこまでして守りたかった生活というのは、いったい何だったのだろう。

地方から出てきて東京で暮らす大変さは、私にも分かる。もっと楽に、簡単に、お金が稼げたらいいなと思うこともある。だからこそ、彼女を自分と重ねてしまった。

一線を越えていないといいな、と願った。

きっと近藤にはお金持ちの彼氏がいて、贅沢《ぜいたく》な暮らしをしている。それを嫉んだ同僚が内部通報窓口を使って嫌がらせをした。それでこの件は終わりだ。

会ったこともない近藤の無実を祈るなんて、奇妙なことだった。

翌日の午後六時、事務所を抜け出して病院へ向かった。

シマばあちゃんは、ちょうど夕食をとっているところだった。

「あれは持ってきたか？」

シマばあちゃんは偉そうに言った。

私は黙ったまま、紙袋から干し柿を取り出した。

「これこれ」

嬉しそうに眉尻を下げると、干し柿を食べ始めた。幸い、食事制限はない。

死にかけた時も干し柿を手にしていた。そんなに干し柿が食べたいものだろうか。

毎年九月頃から柿が出回りだす。そうすると、シマばあちゃんは、「そろそろ柿の季節やな」

と呟いて、干し柿作りを私に促すのだ。

「玉子ちゃんも食べたらいいのに」

シマばあちゃんが、干し柿を平らげたあとに漏らした。

「私は作る専門。別に、食べたくない」

脇の椅子に腰かけてそう答えると、シマばあちゃんは声を高くして笑った。

「ほほほ、そんなに意地をはらんでいいのに」

鼻にかかった笑いが、自分がブリッコをするときと似ていて、不快だった。

「そうそう、今日もな、ダーリンが面会に来たんよ。年寄りだから、昼間しかでて来れんでな。玉子ちゃんと会えずに残念がっていたわ」

シマばあちゃんの婚約相手は、一日と置かず面会に来ているらしい。結婚しようと盛り上がった矢先に倒れたものだから、先方の動揺も大きいのだろう。私はなるべく顔を合わせたくなくて、わざと時間を外して来ている。

シマばあちゃんは、近いうちに手術をすることになっている。倒れたときに行った検査で、詰まりそうな血管がいくつか見つかったからだ。

手術が終わりさえすれば、半月もせずに退院できる。だから本当は、そうマメに面会に来る必要はない。しかし誰もいない家にまっすぐ帰るのは、思いのほか寂しさが募った。

いつも家にはシマばあちゃんがいた。学生時代も、働きだしてからも。それは私にとって負担でもあったが、心の拠《よ》り所でもあったわけだ。考えてみると、私が外泊をすることはあっても、シマばあちゃんが外泊をすることはまずなかった。あれだけ仲良しの多い町内会でも、慰安旅行の参加は断っていた。シマばあちゃんなりの気遣いだったのだろう。

私は一時間ほどシマばあちゃんの話を聞いていた。ダーリンがどうしただの、看護師長が嫌な奴だの、そういう話である。最後には、

「もっと可愛い寝間着を持ってきて欲しい」

という要求を聞いて、引き上げた。

誰もいない家に帰るのは寂しい。シマばあちゃんの顔を何日も見ないのは据わりが悪い。そう思いながらも、実際に面会を終えると毎回ぐったりする。

ひょんなことから再会した医師の築地からは、たまに連絡が来る。しかし、なんとなく乗り気になれず、食事にいく日が延び延びになっていた。

近頃は友達がどんどん結婚していく。仕事をしていたら、あっという間に三十になってしまう。女の市場価値は、二十九と三十の間で大きな断絶があると見聞きしていた。まるで生鮮食品だ。

学生の頃、「女の子は弁護士になったらモテない」「学生のうちに彼氏をつかまえておいたほうがいい」と先輩弁護士たちが口々に言っていた。けれども、これは真っ赤な嘘だった。

弁護士になってからのほうがモテる。出会いも増えるし、「きちんと働いている人がいい」と言う男性も多い。実際は、「きちんと働く」以上の仕事量をこなしているのだけど、おくびにも出さなければいい。

女性弁護士がモテないのではなく、可愛げのない女がモテないのだ。何の努力もしない美法みたいな奴が、モテないのを弁護士という仕事のせいにしているのだろう。

だが歳をくうことについては、不安を拭えないでいた。どんなに努力しても年増はモテないような気がする。そうすると、この場合の正しい努力とは、「若いうちに頑張ること」だ。

どうにかしなくちゃとは思う。今こうしている間にも時間は経っている。しかし他方で、出会いの場に出向いて、デートを重ねて……という一連の工程に、飽き飽きしている自分もいる。もはや面倒くさいのだ。シマばあちゃんは八十を超えてなお、結婚相談所に通っていたというのに。その半分も生きていない私のほうは疲れ切っている。

そんなことを考えながら家に帰ると、もうぐったり疲れていた。

明日も早くから仕事だ。早朝にシマばあちゃんの食事の作り置きをしなくていいのは楽だけど、退院後の介抱のためにも、できる仕事は前倒しで進めておかなくてはならない。

簡単にシャワーを浴びて、髪の毛にドライヤーをかけていると、虚《むな》しい気持ちになってきた。丁寧にしっかり乾かさないと髪が傷んでしまうし、翌日のまとまりが悪い。事務所に行ったって仕事をするだけなのに、こうやって身なりを整えることにどれほどの意味があるのだろう。だが、美法みたいにいい加減な格好で外に出るのは、自分のプライドが許さない。

疲れてくると、考えが像を結ばなくなる。ぼんやりとした思い付きが頭の中を占める。とりとめもなく、関連性のないことが次々と頭の中に浮かんでは消える。

ベッドに入って横になった時にふと思った。今度、築地と食事に行ってみよう。待っていても幸せはやってこない。とにかく動かなくては。

翌日の十月十五日、金曜日。剣持先生と連れ立って再びゴーラム商会を訪ねた。

事前に連絡はしてあった。管理部門を担当する役員を通じて、近藤まりあの予定を抑えていた。

内部通報のヒアリングとは言わず、適当な別件を伝えているはずだ。

通された会議室は、これまでのヒアリングでも何度か使っている小部屋だ。

会議室に入った瞬間、くしゃみが出た。朝の会議室は冷えていた。

「風邪？」剣持先生が鋭い視線を投げてきた。

「いえ、違います。部屋が寒くて」

と慌てて弁解する。風邪と疑われると、説教されかねない。いかにも風邪をひきそうな肌寒い日が続いていたが、剣持先生の手前、体調を崩せない緊張感があった。

「窓もないし、陰気な部屋よね」

という剣持先生のコメント通り、不自然に圧迫感がある。
四、五人入るのがやっとのスペースに、ぎりぎり四人掛けの机が置かれている。
ゴーラム商会のビルの四階には、エレベーターホールの裏に小部屋が三つ並んでいた。

フロアの片側は執務スペースになっていて、社員証をかざさないと入れない。執務スペースの反対側にあるトイレ、給湯室、エレベーターホールを通って、やっとたどり着ける奥まった場所に小部屋があった。

「もう一個、奥の部屋だと、ガラス張りで景色がいいらしいですよ」

と私は口を添えた。

フロアの片側は表通りに面していて、全面がガラス張りになっている。私たちが入った部屋は三つ横並びの部屋の中央だから、窓も何もない。だが、私たちの部屋の前を通り過ぎて、一番奥の部屋は片側がガラス張りで、眺望がいいらしい。

「哀田先生から聞いたけど、『首切り部屋』なんでしょ」

「そうらしいですね」

そもそもこの三つの小部屋は、奥まった場所にあって声漏れの心配が薄いため、人事面談などで使用されることが多い。

その中でも一番奥の部屋は、ここ数カ月、リストラ勧告のために使われてきた。そのせいで社員の間では「首切り部屋」と揶揄《やゆ》されるようになった。

「だからさ、ヒアリングでは首切り部屋は使わないようにしてください。あの部屋に呼ばれると、リストラの順番が回ってきたと察して、自暴自棄になる社員も多いのです」

ゴーラム商会の内部事情に精通する哀田先生の言である。

開始予定時間の午前十時ぴったりに、近藤まりあは現れた。

長い黒髪は緩く巻かれ、後ろでふんわりまとめられている。ボストンフレームの眼鏡をかけて、シャツワンピースを着ていた。雑誌で「今日は会議でプレゼン。キリッと落ち着いた雰囲気を演出」と紹介されていそうな出で立ちだ。あからさまなブランド品は見当たらないが、身に着けている服やアクセサリーは上質そうに見える。

もとの顔立ちに特徴がないぶん、今風の格好をすると急に垢ぬけて見える。履歴書の写真と比べると、実物は雲泥の差だ。

こういう、もとの顔は地味で、上手に着飾っている女に限って、同性の敵を作りやすい。見下す気持ちと羨ましい気持ちの両方を刺激するからだろう。

「近藤です」

こちらを訝《いぶか》しがるような視線を投げて、近藤は一礼した。

私は名刺を差し出して説明をする。

「この度は、御社の契約書管理体制の見直しをご依頼いただきました。そのため、現状の取り扱いについて皆様順番にヒアリングさせていただいています」

どの社員に対しても同様の説明をしている。通報内容を明らかにすることはできないためだ。

「私は経理課所属で、契約管理業務は担当していないのですが」

やんわりと近藤は言った。

「業務分野にかかわらず、皆様からお話を伺っています。いまは総務で契約書を保管されているかと思いますが、今後は、各現場で自分の部署に関する契約書を保管するような運用に変更することもあり得ますので。無関係な部署はないのです」

私は建前上の説明をする。

「近藤さんは、今の部署は何年目でしょうか？」

履歴書を事前に確認していることは伏せておく。

「ちょうど二年です。二年前にゴーラム商会に入社しました」

「ということは、新卒採用ではなく、中途入社なのですね。前職でも経理を？」

「はい。新卒以来、ずっと経理畑です。だから、契約書まわりは全く素人でして」

近藤の口調は落ち着いている。

「前職は新卒から長く勤められていたのですか？」

事前に知っている情報だが、改めて本人の口から聞いておきたい。

質問役の私の脇で、剣持先生は近藤の表情に視線を注いでいる。

本来は書記役をつけて、その場で議事録をとったほうが、後の作業は楽だ。だがヒアリング中にメモをとると、相手が身構えてしまったり、あるいはこちらのメモの取り方をみて、ヒアリングの重点箇所を悟られたりすることがある。だから今回は、あらかじめ許可を得てICレコーダーで録音するだけにしていた。

「いえ、前職が三社目、ゴーラム商会が四社目です」

「四社目ですか。比較的頻繁に会社を移られているのですね」

率直な疑問をぶつけて、どういう反応をするか見ようと思った。

近藤はうっすら笑うと、視線だけこちらに上げた。上目遣いのような格好で、

「そうなんです。私、本当にツイてないんです。これまで勤めた三社とも潰れてしまって」

話している内容に比して、口調は明るい。どこか自慢げなニュアンスすらある。

「友人には、死神だなんて揶揄されることもありますが、たまったもんじゃありませんよ。毎回求職活動しなきゃいけないんですもの。私がたまたま、簿記一級を持っていて、経理という明確なキャリアパスがあるから、働き口を見つけられていますけど」

不幸を語っているようでいて、その不幸を切り抜けた自分の自慢をしているのである。私はこういう人が一番嫌いだ。自慢するような不幸は、不幸じゃない。

「それは大変でしたね。休職期間中は心細さもあったでしょう」

私情は抑えて、近藤に同調しておく。こういう女性は、同情的に話を聞いてくれる相手に対して、どんどん話をする傾向にある。

「ええもう、不安でした。実家暮らしの子はいいんでしょうけど、私のように東北の田舎から出てきた身としてはねえ」

「近藤さんは東北出身なんですねえ。てっきり、東京の人だとばかり思っていました。大学からずっと東京で一人暮らしですか？」

「ええ、そうです」

さりげなく、今も一人暮らしであることを聞き出した。身近で資金援助者がいるのかも聞きたいところだが、これ以上踏み込むと怪しまれそうだ。

「経理ではどのような業務を？」

と話題を変える。

「日々の仕訳、月次決算、年度ごとの決算の取りまとめ、色々全部です。うちの経理課はメンバーが五人しかいませんから、いずれかの業務に専属ということはありません」

「業務の中で契約書に触れることは？」

「基本的にはありません。支払いの際に、稟議書を確認することはありますが、契約書まで遡っての確認はしていません。税理士の先生との顧問契約書を更新するくらいのものです」

近藤はよどみなく答えた。他の社員の証言とのずれもない。

「契約書はふだん、誰が管理しているのですか？」

「総務の只野愛子《あいこ》さんです」

先日契約書庫で哀田先生から紹介された只野さんの、丸々とした姿を思いだした。

「近藤さんは、只野さんと親しくされているんですってね」

軽くジャブ打ちとして探ってみたが、近藤は小首をかしげて、

「そう……ですかね。別に、特別親しくはありませんが」

と応えた。

とっさに嘘をついているとも思えない、ごく自然な受け答えだった。

「別の方から伺ったお話ですけど、只野さんが困ったときに近藤さんが助けてあげる場面もあったとか」

注意深く近藤の顔を見つめながら言った。

近藤は、きょとんとした顔で、私を見つめ返してきた。

「そんなこと誰が言っていたんですか？」

不信感をあらわにした低い声で続ける。

「只野さんは、同じ管理部門に属していますから、飲み会でお話しすることはあります。廊下とかトイレで会ったときは挨拶を交わしますが、その程度の付き合いです」

只野さんは「近藤さんに相談に乗ってもらっていた」と話していた。食い違いがある。他の社員のヒアリングでは、只野さんにも近藤にも、特別親しい人はいないと言われていた。今の段階では、何が正しいのか分からなかった。

隣の剣持先生は身じろぎもしない。考えていることは私と一緒だろうと思えた。

近藤は、首をかしげたまま口を開いた。

「只野さんは総務課の課長ですよ。去年、前任の課長が退職されて、繰り上がりで就任したとはいえ、マネジメント職です。対する私は、平の経理課員。他部署のマネジメントを私が助けるって、変ですよね」

確かに言われてみれば、そのとおりである。だが、素直に頷けない部分もあった。

男性同士なら役職の上下が交友関係に影響を及ぼしうる。一方で女社会はまた違う。役職や社会的地位にかかわらず、互いにフラットに関わることが多い。

役職が上の者が、あくまで「私のほうが偉いんだから」といった態度を少しでも覗かせると、女社会では猛反発を食らう。役職者としては、あくまで親し気でフラットな関係を保とうとするだろう。そういった打算を抜きにして単純な心情面で考えても、役職の上下にかかわらず、困ったときは助け合うことも十分あり得るように思えた。

「なるほど、只野さんは」

困ったとき誰に相談しそうですか、と訊こうとした。

が、その言葉を発する前に、私の鞄の中で、携帯電話のバイブレーション音が鳴り始めた。すぐには鳴りやまないので、電話だろう。

「失礼しました」

と言って、携帯電話を取り出した。電源を切ろうと画面に視線を落とすと、シマばあちゃんが入院している病院からの電話だった。

胸騒ぎがした。すでに治療計画や予後の説明は受けていた。今になって電話があるなんて、何事だろう。

私が画面を見つめて、携帯電話を切ることを躊躇していると、剣持先生が、

「出てきていいわよ」

と耳打ちした。

私は視線に謝意を込めて剣持先生を見つめ頷いた。

「少々失礼します」

近藤にも声をかけて席を立つ。

剣持先生のことだから、残りのヒアリングも滞りなく引き取ってくれるだろう。

部屋を出て、とっさに奥の小部屋に目が留まった。

首切り部屋はそうそう使わない。今の時間も空き部屋になっているはずだ。私は素早く、一つ奥の小部屋に滑り込んで電話を受けた。

「美馬さんのお電話でよかったでしょうか？　美馬シマ様のことで。ええ……」

シマばあちゃんが入院している循環器科の看護師だった。

「シマさんなのですが、今朝がたから発熱しています。一旦、手術の日程はリスケジュールしましょう。入院期間の延長も必要です。抗生剤を飲んで、数日安静にしていれば、発熱自体は問題ないと思われますが」

聞きながら胸をなで下ろした。何かあるたびに最悪の事態が脳裏に浮かぶ。心臓に悪いが、同じようなことはこれから何度も起きるのだろう。

とりあえず、来週月曜の午後に、医師から詳しい話を聞くことになった。年齢が年齢だから、悪いところはいくらでも出てくるだろう。

ふと窓際に目を留めた。ブラインドが下がっているが、確かに一面のガラス張りである。ブラインドの隙間から外を覗く。交通量の多い道路に面しているだけで、そう眺望はよくない。

ちょうどタクシーが一台止まった。何気なく見ていると、哀田先生が下りてきた。

だらりと下がった肩から、くたびれた様子が伝わってくる。それも当然だ。他の案件もあるだろうに、毎日のようにゴーラム商会に通って相談を受けている。本来であればボスの川村先生が担うべき役割まで、哀田先生ひとりが背負っているのだから気の毒だ。

仕事を頑張る理由はどこにあるのだろう、と疑問に思った。

男の人だから、仕事を頑張らなくてはならない。そういう圧力があることは間違いない。男の人生、仕事ができてお金を稼げれば、その他の幸せは自動的についてくる。もちろん例外もたくさんあるのだけど、原則としてはそうだろう。逆に仕事ができずお金を稼げないと、他の部分でもかなり苦労することになる。だから否応なしに仕事に熱が入る。

その息苦しさと比べると、女性の私は気楽な部分がある。いずれ結婚すれば、夫の稼ぎもある程度アテにできる。軽い仕事に移って、バランスをとりながら暮らしてもいい。

でもだからこそ、仕事のモチベーションが湧かないときもある。今のハードな仕事にしがみつく理由がない。シマばあちゃんの介護が必要になったり、あるいは子供ができたりしたときに、それらを差し置いてまでやりたい仕事があるとも思えない。

胸の内にほろ苦いものを感じながら部屋を出た。とりあえずは目の前の仕事をするほかない。控えめにノックをして、剣持先生と近藤のいる個室に戻った。

2

「口が軽い感じの人に見えたけどなあ」

剣持先生は、伸びをしながら言った。

近藤まりあとの面談を終えて、個室には剣持先生と私の二人だけだ。三十分の休憩を挟んで、十一時半から、只野さんのヒアリングを予定している。

「私もそう思いました。同調や同情を示すと、聞いてもいないことまで話してくれる感じでしたし。転職して四社目であることとか、過去三社は潰れていること、隠し立てもせず話していました。いろんな人に話していたのかもしれません」

近藤が在籍していた過去三社がすべて潰れていることを、通報者はどうして知っているのだろう。内部通報を受けたときからこの点は疑問だった。人事部の採用担当でもない限り、知りえない情報だ。

だが近藤の場合、これまでの会社がすべて潰れている話を職場の同僚たちにもしていたかもしれない。初対面の私たちにすら話すくらいだから。

剣持先生はテーブルに肘をついて片手に頭を預けながら天井を見た。口を軽くとがらせている。

「どうしてそんなことをするのかしら？」

「人の興味や同情を引くのが好きなんじゃないですか」

「それって、何の得があるの。一円にもならないじゃない」

剣持先生があまりにもあっさり言うものだから、私は苦笑した。

自分に興味を持ってほしい。他人の関心を集めたい。凡庸な人間のありきたりな願いだ。自然と衆目を集める剣持先生には、理解できないのかもしれない。

「彼女、只野さんの相談にのったことについては、きっぱりと否定していたわね」

剣持先生の言葉に私は頷いた。

「この後のヒアリングで、只野さんにぶつけてみましょう」

そう言って、私はICレコーダーを手に取った。

近藤のヒアリング内容は、きちんと録音されているようだ。只野さんからのヒアリングでも使えるよう、あらかじめ操作しておく。

私たちは一度ずつトイレに立ち、準備も万端で只野さんを待っていた。ところが約束の十一時半を過ぎても、只野さんは現れない。五分待ち、十分待ったところで剣持先生が、

「何か不都合があったかしら」

と言って、携帯電話を取りだした。

執務スペースにいるはずの哀田先生に電話をかける。

「只野さん、離席していて執務スペースにいないって。パソコンもデスクに置きっぱなしらしい。

どこに行ったんだろう」

「会議室の場所が分からなくて、迷っているんですかね。自分の会社なんだし、そんなことないでしょうけど……私、ちょっと見てきますね」

席を立って、個室の扉を開いた。何気なく左右を見渡す。

と、ひとつ奥の個室の扉が薄く開いているように見えた。さっき私が入ったときに閉め忘れたのかもしれない。扉を閉めようと近づくと、視界に違和感が走った。

扉の下の隙間から、赤黒い液体が漏れている。

思わず、

「わっ」

と、低い声が出た。

血である。

血のように見えた。

私は一歩、後ずさった。

横スライド式の扉の隙間を覗こうと思えば覗ける。

だが、自分ひとりで確かめる勇気がなかった。

膝から下が、ちぐはぐに震えた。落ち着かねばと深呼吸をする。

脚をなんとか動かして、もとの個室に雪崩《なだ》れ込んだ。

「け、剣持先生。ちょっと……」

脚を組み、携帯電話をいじっていた剣持先生が顔を上げた。怪訝そうに眉をひそめている。

「ちょっと、来てください」声が裏返る。

「何？　どうしたの。大丈夫？」

剣持先生は立ち上がると、私の脇を抜けて廊下に出た。

剣持先生も一緒かと思うとなぜか安心した。普段は剣持先生の言動を内心腐しているのに、こういうときだけ頼って申し訳ない気持ちになった。しかし今は、そんなことも言っていられない。気を落ち着かせて、剣持先生の後に続く。

剣持先生は、執務スペースやエレベーターホールにつながるほうの、廊下の先を見つめている。

「こっちです、反対側。奥の部屋。これ、ち、ち、血じゃないかと思って」

と声をかけると、剣持先生は振り返った。奥の部屋の扉の前でしゃがむ。

「たしかに、なんか出てるね。赤い……」

「私、本当に、血とか、そういう痛そうなのは無理なんです。ちょっとでもグロい映画は見られないタイプで。ちょっともうほんと無理」

要らぬことを早口でまくし立てる。中学の時、ゾンビ映画を見て気絶してしまって、それでまた「ブリッコ」と陰口を叩《たた》かれたこともある。

剣持先生は私に構わず、黙ったまま扉をさっと開けた。

私は思わず目をつむった。剣持先生は何も言わない。だから大丈夫かと思って薄目を開けたのが間違いだった。

扉を開けてすぐのところに血が広がっている。ぬらぬらと、赤黒い。沼のようだ。

そしてその中心に、女が転がっていた。

考えるよりも先に悲鳴が出た。訳も分からぬ呻《うめ》き声を出しながら、剣持先生の腕に縋《すが》りついた。きつく目をつぶって、剣持先生の脇のあたりに顔ごと突っ込む。

剣持先生は、微動だにしない。

「只野さんね」

「えっ?」私は聞き返した。

「只野さんが、死んでる」

「た、只野さん?」

声を発するのもやっとだった。呼吸は浅くなっていた。空気が吸えなくて苦しい。すう、はあ、すう、はあ、と意識をして呼吸を整える。五秒くらい置いてから、なんとか口を開いた。

「剣持先生、なんでそんな冷静なんですか?」

縋りつく私をもう片方の手でさりげなく支えながら、剣持先生は答えた。

「私、驚くと、むしろ声が出ないタイプで」

剣持先生が私の肩を小さく叩いている。肩でリズムを感じていると、呼吸が少しずつ戻ってきた。私は剣持先生の腕に体重をかけながら、身体をまっすぐに立て直した。腕にはまだつかまっている。上目遣いで剣持先生の表情をみる。

無表情だ。

死体を目の前にして、無表情。

というか、機嫌が悪いときの仏頂面だ。後輩の仕事が遅かったり、ボスの指示が悪かったりしたときに、剣持先生はこういう顔をする。

目の前に死体が転がっているという事態に、剣持先生はイラついているのだ。

「ああ、もう。なんなのよこれ」

剣持先生が呟いた。

「今年は厄年かな」

いつも通りの剣持先生の口調に、気持ちが落ち着いてきた。剣持先生の腕から手を離す。

だが、一瞬でも、安心したのがいけなかった。

私の視界は、不意に赤く広がる円の中心を捉えてしまった。

只野さんが、仰向《あおむ》けに倒れていた。まん丸な、健康そうな身体が、びくとも動かず、横たわっている。首元がグズグズに赤くなっている。スイカを乱暴に切ったときのようだ。ただ、スイカよりも淀《よど》み、黒ずんだ色だ。

灰色の地味なワンピースがまだらに赤い。肩のあたりは、床の血を吸って黒ずんでいる。足は踏ん張るように肩幅に開かれていた。何かを我慢するかのように、目は固く閉じられている。

そのすぐ傍に刃物が転がっていた。

部屋に充満するむっとするような鉄の臭いにあてられて、気が遠くなるのを感じた。めまいがする。

只野さんは初対面のときに、私の不調に気付いてすぐに駆け寄ってきてくれた。きっと今の状況を見ていたら助けてくれそうだ。当の只野さんは目の前で伸びているのだけど。

視界がぐちゃぐちゃにゆがんでいく。自分が揺れているのか、周りが揺れているのか。

「だから、無理だって言ったのに……」

私はとっさに剣持先生の腕をとろうと手を伸ばしたが、外してしまった。

床が近づいてきた。


おしっこ臭かった。学校のトイレみたいな臭い。変だと思った。

電気もつけずに家に入ると、うすぐらい和室の隅で四本の脚が揺れていた。

ぷらぷら、ぷらぷらと……。

お風呂用の椅子と、ドレッサーの椅子がそれぞれ転がっている。近づいて、鴨居《かもい》を見上げた。

人間がぶら下がっている。

私はその顔をじっと見つめた。真っ暗に塗りつぶされている。

見つめても、見つめても、顔のところだけ光が吸い込まれたように真っ暗だ。こういうのを、ブラックホールっていうんだっけ……理科で習った気がする。

「そんなこと言ったって、仕方ないじゃないですか。無理なもんは無理ですよ。あなたたちがしっかり調べてくれれば、問題ないわけでしょ。私たちは無関係ですよ」

剣持先生の声だ。怒っている。

「だいたい、私たちだって、暇じゃないんだから。訊きたいことがあるなら、いま、ここで、訊いてくださいよ。はいどうぞ」

「あ、ちょっと、剣持先生？　まあ、そう言わずに。刑事さんたちも仕事だからさ」

哀田先生の声が挟まる。

「仕事ならなおさら、今すぐ、さっさと済ませればいいんじゃないですか」

次第に声が大きくなってきた。

私の身体は急に重力を取り戻して、私は背中が硬いものにぶつかるような感触を覚えた。

目を開けると、白い天井が見えた。

「あ、目が覚めたかしら」

両手で体重を支えながら、身体を起こした。

広い応接室だった。私はソファに横になっていたようだ。足元には、剣持先生のジャケットが掛けられていた。ソファの脇に、履いていたパンプスが揃えて置いてある。

見渡すと、奥の一人掛けの席に剣持先生が足を組んで腰かけている。

その横のソファには、哀田先生がいた。

そして、濃紺のスーツを着た中年の男が二人、入り口近くに立っている。

だいたいの状況が理解できた。

「私、気絶していたんでしょうか？」

剣持先生が、上半身を前に傾けて自分の腿《もも》の上に肘をついた。

「見事な倒れっぷりだったわよ」大真面目な顔で言った。

部屋にかかった時計を見ると、時刻は午後一時だ。只野さんのヒアリング開始の予定時刻が十一時半で、それから十分過ぎたころ、十一時四十分すぎに死体を見つけた。それで気絶したとしたら、一時間強、気を失っていたのだろう。

気絶している私を誰かがここまで運んだかと思うと、顔から火が出るほど恥ずかしかった。

どんな変な顔で倒れていたかも分からない。そもそも今日はジャケットの下はワンピースだ。下着などが見えていないといいけれど……。その場にいた剣持先生が、上手いこと事を運んでくれたことを祈るしかない。

入口に立っている男二人は、警視庁の刑事らしい。

その刑事の話によると、ゴーラム商会の総務課長、只野愛子が死亡した。

死因は、刃物で喉を切られたことによる乏血性ショックとみられる。使用された刃物は、只野さんのすぐ近くに落ちていた。

四階の面談室は立ち入り禁止となって現場検証中だという。その後に只野さんの遺体の司法解剖も予定されている。いずれにしても状況からすると、司法解剖を経たとしても直接の死因は動かないだろう。

「あなた方は、すぐ隣の部屋にいたというわけですよね」

刑事のうち一人が訊いた。

「はい、朝の十時からヒアリングを実施しました。だからその十分前、九時五十分には入室したかと」

私は説明した。

剣持先生が買ってきてくれたペットボトルの水を口に含み、息を吐く。

当の剣持先生は、面倒そうに座っているだけだ。

私に対してはところどころ親切なのに、警察官や上司に対して、態度が悪いのはどうしてなのだろう。権威に嚙みつきたいタイプなのだろうか。

「只野さんの遺体を発見したのは十一時四十分すぎ、でしたね。それまでの間、その場を離れたことは？」

「私と剣持、それぞれが一度ずつお手洗いに行っています。十一時から十一時半の間です。交代で離席したので、部屋にはどちらか一方は入っている状況でした」

「トイレに行ったときに、誰かとすれ違ったり、誰かを見たりしませんでしたか？」

「いえ、誰も。トイレにも人はいませんでした」

私の言葉に剣持先生も頷く。

「隣室や、周辺から、大きな音や話し声などはしましたか？」

「いえ、特に」

視線を投げると、剣持先生は再び頷いた。剣持先生も不審な物音は聞いていないということだろう。

人事関係の話をするための個室だ。通常の話し声では、隣や廊下に聞こえることはない。逆に、廊下での足音や話し声なども、室内にいる限り聞こえてこない。ただ、死を目前にした絶叫や、大声の喧嘩《けんか》であれば聞こえてもおかしくない。

「何も聞こえませんか。まあ、正確な死亡時刻は、解剖を待つとして」

「あっ、そういえば」私は声を上げた。

「刑事さん、私はもう一度、離席しています。十時から近藤まりあさんと面談をしていました。その面談の途中に電話が掛かってきたので、それをとるために個室から出ました。それでとっさに、一つ奥の部屋に入ったんです。私用の電話だったので、誰かに聞かれるのも気まずいと思って……。奥の個室は無人でした。もちろん只野さんの遺体はありませんでした」

「隣室に入った際の時刻が分かりますか？」

「電話の着信履歴を見れば分かります」

部屋を見渡して、ソファの脇に置かれた自分の鞄から携帯電話を取り出す。

「十時十分です。通話時間は三分七秒となっています。電話のあと少しぼんやりしていたので、合計で五分は部屋にいたと思います」

「そのあとは？」

「またすぐ隣の部屋に戻って、ヒアリングの続きをしました」

「他のところに行ったりはしていないんですね？」

「はい、隣の個室を行き来しただけです」

「それを証明できる人は？」

急に刑事ドラマみたいなことを訊かれて、たじろいだ。

「証明って……。誰とも会っていませんから、アリバイみたいなのはないですけど」

自分が疑われているようでばつが悪い。手に持ったペットボトルから水を一口飲む。

「彼女たちはただの弁護士ですよ。只野さんと会うのも二回目で、殺害の動機なんてありませんよ」

哀田先生の言葉に、刑事の一人が、

「いや、殺害を疑っているわけではないのですが」

とフォローを入れる。

そのやり取りを見て、ふと、思い出した。

「そういえば、電話を終えた後、部屋の窓から哀田先生を見ましたよ。タクシーから降りてきて、会社に入っていきました」

刑事たちは二人そろって哀田先生に視線を向けた。

哀田先生は、ちょっと驚いたように目を開いた。

「確かにそのくらいの時間に、こちらの会社に来ました」

財布を開けて、タクシーの領収書を取り出す。弁護士は個人事業主なので、使用したタクシーの領収書はマメに取っておくことが多い。

領収書には「午前十時十四分」と時刻が記載されている。

刑事は頷きながら、その領収書を写真に収めた。

「つじつまが合うわね」

腕を組んだまま剣持先生が口を開いた。

「十時十五分頃から、十一時四十分頃までに、只野さんの遺体が出現したってことね。しかも、大きな物音もせず」

刑事が顔をしかめた。面倒な事件になってきたと思ったのだろう。

「そもそも、先生方はヒアリングとおっしゃいますけど、何をヒアリングしていたんですか？どういう案件ですか？」

「言えません」嚙みつくように剣持先生が言った。

「言えませんってねえ。只野さんにもヒアリングする予定だったんでしょう。捜査に協力してくださいよ」

確かに、ヒアリングの予定時間前後に只野さんが亡くなっていることを考えると、只野さんの死亡は今回の調査案件に関連しているのではないかとも思える。

「ダメです」

剣持先生はきっぱりと言った。

「クライアントから依頼された内容について、私たちは守秘義務を負っています。刑事事件の捜査だからといって、お話しすることはできません。情報開示について、ゴーラム商会側の承諾があれば別ですが。その承諾は警察のほうでとってくださいよ」

哀田先生も首肯した。弁護士としてはこう対応せざるを得ないだろう。

今回の案件の説明をするためには、ゴーラム商会が倒産しそうだということまで話さなければならない。社員の噂話や社内の雰囲気が社外に漏れるならまだしも、弁護士が正式に動いていることが外部に公表されると、それだけで取り付け騒ぎが起きかねない。ゴーラム商会の経営悪化に拍車がかかり、取り返しがつかない事態に陥る可能性もある。

「ま、そういうことなんで。うちの者も目を覚ましたし、私たちはもう引き上げますから」

剣持先生は、年配の哀田先生を差し置いて、そう宣言した。

「もう動けるわよね？」

私は首肯し、身支度を整えた。足元にかけてあったジャケットを手に取って、剣持先生に渡す。

「これ、ありがとうございます」

「ああ」剣持先生は、何でもないように受け取った。

ちょうどその時、廊下で人の動きがあった。扉が慌ただしく開いた。スーツ姿の男が刑事二人に近寄って、耳打ちをした。

「……露出狂？」刑事の一人が呟くのが聞こえた。

「あの近くの公園か」

私は何気なく、窓のほうを振り向いた。窓の端から緑が見える。社屋から五分ほどの距離に、小さい公園があるはずだ。

「ほら、私たちに構ってないで、さっさと露出狂を捕まえてちょうだい」

剣持先生が刑事たちに向き合って、妙に偉そうに言った。百五十万円するというバッグを手に取って、つかつかと歩き出す。

「さっさと帰って、働くわよ」前を通り過ぎるとき、私のほうへ視線を流した。

「はい」思ったより大きい声が出た。

少しでもぼんやりしていると、剣持先生はどんどん先に行ってしまう。私は早足で、その背中を追った。

3

翌日の土曜日、事務所で仕事をしているうちに一日が終わってしまった。金曜日にゴーラム商会で時間を食われた皺寄せがきていた。週明け、月曜日にはシマばあちゃんの入院延長の件で、病院に行かなければならない。その分の仕事を前倒しで行う必要がある。

夜には築地と食事に行く約束をしていた。時間ギリギリまで仕事をこなして事務所を飛び出した。

銀座の創作和食の店が予約してある。築地の店選びの趣味はなかなか良かった。

店に着いたときには、半個室の席に築地はすでに座っていた。

「すみません、遅くなって」

約束の時間ぴったりの到着ではあったが、癖で謝ってしまう。

「今日もお仕事ですか?」

築地がおしぼりを広げて顔を拭きながら言う。謝ったこちらを許すわけでもなく、やはり横柄な態度だ。

「ええ、すみません。いつもは仕事も調整するのですが。昨日、突発的なトラブルがあって時間を取られました」

脳裏に只野さんのことが浮かんだが、すぐに残像を打ち消す。思い出すと食事が喉を通らなくなりそうだ。

「休日まで出勤とは、大変ですね」

言いながら、築地の目が黒く光るような気がした。

女性の休日出勤を嫌がる男は、未だに多い。

「ちょっとドジっちゃって。えへへ」

と、咄嗟《とっさ》に誤魔化した。

仕事で疲れているというオーラを出しても仕方ない。あくまで明るくやり過ごしたほうがいいだろう。

築地は私の希望を聞きながら、手際よくアラカルトメニューを注文した。細かいところだけど、そういう動きに信頼感が増した。

ところどころ横柄だけど、仕事のできるしっかりした人なのだろう。

私たちはとりとめもなく会話を交わした。仕事のことや休日の過ごし方、出身地などだ。結婚適齢期の男女が話す内容はだいたい決まっている。

ひと通り話し終えた後に、

「玉子ちゃんって、本当、天然だよねえ。癒し系って言われない？」

築地は上機嫌に言った。

初対面の合コンのときは、天然っぽい言動をするが、二回目に一対一で会うときには普通に話をすることにしている。案外しっかりしているという印象を与えたほうが得策だと経験的に分かっていた。

だから築地も、私のことを本当に天然の癒し系だと思っているわけではないだろう。ただ、俺をいい気分にさせるスキルのある女だという認定を得たに過ぎない。

天然だとか癒し系だとか、男は都合のいい言葉を使う。けれども、そういった言葉を使わせているのは私のほうだ。

「そうかなあ?」

首を傾げ、とぼけてみせる。もはや一種の様式美だ。男は男の、女は女の役割を演じているに過ぎない。何度も繰り返していると虚しくなる。

きっと、次のデートで告白される。結婚までいくかは分からないけど、私がうまく振舞いさえすれば、可能性はある。友人たちが羨む華やかな結婚式を挙げることだろう。そういう未来は見えるものの、見えた途端に目の前が真っ暗になるような気もする。

「おばあさまのことも、大変なんだしさ。そんなに一生懸命働くこともないんじゃない」

築地が軽く言った。

「玉子ちゃんなら、素敵なお嫁さんになれそうなんだし」

私は曖昧に笑い返した。どんな言葉を続けようかと迷っていると、バッグの中で携帯電話が震える音が聞こえた。病院かもしれないと思って手に取ると、剣持先生だった。

「ごめんなさい、失礼します」

と謝って、席を立つ。急ぎのことかもしれないので、無視するわけにはいかない。

「ちょっと美馬先生」

電話に出ると挨拶もなく、剣持先生が切り出した。

「事務所に戻ってきてくれない？　川村先生がやってきて、面倒なことになっているんだけど」

「面倒なこと？」

川村先生の、厳つい岩のような姿を思い出した。

「美馬はいないのか、って。あなたのことを探しているわよ」

「えっ？　なんで？」

「知らないわよ」

ぶっきらぼうに剣持先生が答える。

「とにかく、それを知らせただけだから。事務所に戻ってきたほうがいいんじゃない」

何の用件か分からない。けれども、いかにも厄介そうだ。ため息が出た。なんだか疲れてしまった。

席に戻り際、只野さんのことが頭をよぎった。首が切られていた。痛かったのだろうか。当然、痛かっただろう。死に際、どういう気持ちだったのだろう。

ふと、築地の顔を見て訊いた。

「あの、刃物とかで、人間の首って切れるものですかね？」

築地は面食らったように、私を見返した。

「急にどうしてそんなことを訊くの？」

「大した理由はないんです。もしご存じだったらと思って」

私は努めて明るい声を出して、押し切ろうとした。

「ギロチンみたいに、首を切り落とすってこと？」

「いえ、首に傷をつけて、出血多量が直接の死因になるような状況なんですけど」

「えっと、メスみたいな鋭利な刃物ならもちろん切れるだろうけど」

「包丁とか、ナイフだと切れない？」

「うーん、切れなくはないけど、一発でびしっと切るためには、かなり力をこめないといけないんじゃないかな」

そうすると、只野さんは、何者かに何回か切りつけられたということだろうか。

いかにも痛そうだし、怖い。

「そっかあ……」

「どうしてそんなこと訊くの？」

築地は怪訝そうな顔をしている。当然だろう。

「知り合いが担当している事件で話に上がったから、訊いてみただけです。お医者さんとお話しできる機会なんて滅多にないですから」

適当に話を終わらせた。

店を出て、もう一軒という話もあったが、やんわり断った。

「とっても残念ですけど、明日の朝が早いので。次の機会にまた是非お願いします」

脈なしと判断されないよう、にっこり笑いかける。言い方次第だ。

和やかに散会したのち、私は足早に丸の内へ向かった。タクシーに乗っても良かったが、歩きたい気分だった。土曜の夜の銀座は賑わっている。けれども丸の内に近づくにつれて人は減ってきた。当たり前だ。土曜の午後九時。オフィス街に向かう人はそういない。

ため息が出た。けれども私の足は迷うことなく事務所を目指していた。


土曜の深夜だが、事務所には三割くらいの弁護士がいて賑わっている。事務所に戻ってくると、なぜだか気持ちが和んだ。思いっきり仕事をしても怒られない、唯一の場所だ。事務所に愛着があったわけではないが、馴染《なじ》んではいるのだろう。

私の執務室には誰もいなかった。隣の執務室を覗くと、剣持先生が弁当を食べているのが見えた。風邪から復帰した古川君と何かしら話している。

先ほどの電話の事情を聞こうと思って、執務室に入った。

「おう、美馬。倒れたらしいな」

古川君がニヤニヤしながら口を開いた。

キャスター付きの椅子を揺らして、私のほうを見上げる。ラグビーで鍛えた分厚い身体を、無理やり椅子に詰めたような有様だ。

「え、剣持先生、話したんですか」

ムッとして言った。

倒れたなんて恥ずかしいから人に知られたくない。それに担当している案件について、むやみに他の弁護士に話すのもよくない。

「話したわよ」当然というような顔だ。

「復帰した古川君にもバックアップメンバーに入ってもらうから、一応、案件の共有をしたの。あんなことになったから今回の調査案件もどう進めるか悩ましいけど」

剣持先生は、弁当から唐揚げを一つつまんで、口に入れた。

見ると、ピンク色のプラスチック箱に入った手作り弁当だ。おひたしとブロッコリー、ひじき煮、卵焼き、唐揚げ、ポテトサラダがきれいに詰まっている。ひとつひとつ手が込んでいるし、彩りも鮮やかだ。

「剣持先生、料理できたんですね……」

私は呟いた。

剣持先生に台所は似合わない。それに、私は料理には自信がある。剣持先生には料理では負けないと思っていた。

「いや、これは少し前に、彼氏さんが持ってきた」

古川君が補足した。

「土曜日も仕事で大変だねって。差し入れだな」

「え……えぇー」

私は驚きで固まってしまった。

土曜日に働く彼女のために、弁当を作って職場まで持ってくる男がこの世にいるのだろうか。どこに行けばそういう人と出会えるのか。そもそも剣持先生に彼氏がいたことも知らなかった。こんな強い人に彼氏がいるはずないと勝手に思い込んでいた。

私に衝撃を与えていることも知らず、剣持先生は平然とした顔で、弁当を食べ進めている。

「信夫《のぶお》は、あ、信夫って彼氏ね」

ポテトサラダを口に放りこむ。

「信夫は、料理が趣味なんだって。信じられないよね、あんな面倒くさいことが好きって」

信じられないのは剣持先生のほうだ。彼氏さんお手製の弁当を、さも当たり前のように食べている。

「そんな出来た彼氏さんと、どこで出会ったんですか？」

興味本位で訊くと、

「海外旅行先で出会ったのよ。彼は何かの学会で来ていたみたいだけど。とっても間抜けなことに彼は財布をスられて困っていたから、助けてあげたの。そしたら、私に懐いたのよ」

と何でもないふうに言う。

確かに、海外で財布を盗まれて困っているところに剣持先生が現れたら心強い。それで惚《ほ》れてしまうのも分からなくはないけれども……。

「それよりさ、川村先生のこと」

剣持先生が切り出した。私もそのことを訊くために訪ねたのだった。

「何の用件なんでしょう」

「さあ、ゴルフのお誘いか何かじゃん？」

剣持先生が適当に答える。

「そういえば『美馬って、ばあさん、いるのか？』って訊いていたわよ」

「ばあさん？」

驚いた。祖母と二人暮らしであることは、就活のときに誰かに話したかもしれない。だが、川村先生がそのことを知っているとも思えない。

「剣持先生は、何て答えたんですか」

「そんなの、『私が知るわけないじゃないですか』って言っただけよ」

私は苦笑した。仲介とか調整とか、剣持先生には向いていない。

「あとで執務室を訪ねてみればいいんじゃない」

軽い調子で言うと、

「それはそうとさ、これ、見た？」

と話題を変えた。

デスクに置いてあった新聞紙をとって、私に差し出す。

「二面見てよ。昨日の事件、出てるよ」

新聞紙を一枚めくると、小さい記事が出ている。

ゴーラム商会　社員の遺体発見
十五日午前十一時四十分ごろ、東京都港区××、株式会社ゴーラム商会の四階会議室で、同社総務課長の只野愛子さん（三十五）が、首から血を流して倒れているのを、隣室に居合わせた同社の顧問弁護士らが見つけ、一一〇番した。××署職員が駆け付けたところ、只野さんはすでに死亡していた。
調べでは、只野さんの首に深い切り傷が一カ所あり、××大医学部で司法解剖した結果、失血死と分かった。只野さんの遺体の傍で発見された刃物からは只野さんの指紋のみが見つかった。警視庁は殺人事件の疑いもあるとみて捜査している。

あのとき見た光景を思い出さないように努めながら通読した。

「今出てるのはこの記事だけ。でもすぐに騒ぎになるんじゃないかしら」

剣持先生が眉をひそめる。

「あの部屋が『首切り部屋』と呼ばれていたことは、そのうち社員から外に漏れるだろうし。首切り部屋で首切り死体とか言って、週刊誌は騒ぎ立てるはずよ」

マスコミが群がると、仕事がしにくくなるのは間違いない。弁護士として行う仕事に変わりはない。だが、行く先々で嗅ぎまわられるのは鬱陶しい。弁護士の口から話せることなど何もないというのに。

「でも、只野さん、誰に殺されたんでしょうか？　私たち、隣の部屋にいたっていうのに」

剣持先生が訝しげに私のほうを見た。

「何言ってんのよ。こんなの自殺に決まってるじゃない」

「自殺？」

古川君と私は同時に聞き返した。

「当たり前よ。あの状態の死体を運んだら、どうやったって血が飛び散ってしまう。廊下にそういう跡はなかったし、拭き取るような時間もない。あの首切り部屋で首が切られたことは間違いないわよね」

食べ終わった弁当をしまいながら続ける。

「死亡時刻は十時十五分頃から十一時四十分頃。その間、私たちはすぐ近くの部屋にいたのに、悲鳴や物音を聞いていない。殺人だったら、争う物音や抵抗する声が聞こえるはずよ。只野さんの動きにしたって、犯人と一緒に大人しく連れ立って首切り部屋に入り、声も上げずに殺されるのって、変でしょ」

「でも別件で呼び出して、薬で眠らせてから殺したかもしれないでしょう」

読んだことのある推理小説をもとにして、あてずっぽうに反論する。

剣持先生は首を横に振った。

「そんなわけないじゃん。私たちは十時から隣の部屋にいたのよ。いくらヒアリングをしているからといって、中座してトイレに行ったり、早めに解散したりする可能性がある。こんな目撃されやすい時間帯を選んで、わざわざ人を殺すわけないでしょ」

「でも、それが逆にアリバイになるってこともあるんじゃないですか。例えば近藤さんは、十一時頃まで私たちと一緒にいたわけですし」

「何言ってんの。死体発見が十一時四十分なんだから、近藤さんのアリバイは成立していないわよ」

一刀両断の調子だ。

「自殺と見せかけるための工作と考えても変よ。屋上に呼び出して突き落とすとか、他にもっと簡単な方法、いくらでもあるでしょ」

「そうなんですかねえ」

勝手に殺人事件だと思い込んで、先走っていた思考がしぼんでいく。

「だいたいね、何でもかんでも殺人だと考えるのが変なのよ」

剣持先生が私に向けて指をさした。

図星だったから、ぎくりとした。

「状況から素直に考えると自殺よ。只野さんはひとりで歩いて首切り部屋に入った。持参したナイフで首を切って自殺。だから物音はしなかったし、刃物には只野さんの指紋しかついていない。もし殺人だったら、犯人が刃物を持ち帰るんじゃないかしら。それに美馬先生の話によると、死体発見前、部屋の扉が少し開いていたんでしょう。犯人がいたら扉はちゃんと閉めてから帰るでしょう」

言われてみればその通りである。自殺だと考えるとすべての整合性がとれる。逆に、他殺とする理由は特にない。

「でも、自殺するにしても、なんで首を切るんスか?」

古川君が横やりをいれた。

「そんなの痛そうだし。怖いし。もっと楽な死に方があるでしょう」

「確かに」私は頷く。

先ほど築地から聞いた話を思い出して、続けた。

「そもそも、自分で自分の首を切るなんて、できるんですか？　メスみたいな鋭利な刃物なら可能ですが、普通の市販の刃物だと、かなり思いきって切らないと首は切れないはずです」

剣持先生は、黙ってパソコンに向かいなおすと、

『首切り　自殺』

と検索した。

「ほら、過去例があるじゃない」

そう言って指し示したのは、数年前のニュース記事だった。

雑木林で首から血を流して倒れている男について、自ら首を切って自殺したと処理されたという。

「思いきって切らないと切れないのなら、思いきって切ったんじゃないの。論理的に考えて、そういう結論になるでしょ」

剣持先生はあくびをした。

「相当な決意がない限り、こんな自殺、できないはずです」

私は只野さんの丸い顔や、大きな目を思い出した。肌は艶々と生気に溢《あふ》れていたのに、彼女はもうこの世にいないなんて、信じられなかった。

「只野さんをそこまで追い詰めたのは、何だったのでしょう」

誰に訊くというわけでもなく、漏らした。

剣持先生は伸びをして、

「そんなの知らないわよ。警察が調べるんじゃないの」

心底、興味のなさそうな顔だ。

「こんな事件に首を突っ込んだって、一円にもならないわよ。さっさと戻って、自分の仕事をしなさい」

剣持先生に促されて、私は執務室を出た。その足で川村先生の執務室へ向かいながらも、頭は混乱したままだった。

確かに、剣持先生の言っていることは筋が通っている。だが、只野さんの自殺の原因が明らかにならない限り、説得力がない。そこまで只野さんが追い詰められていたという理由が欲しいと思った。

ふと、只野さんの言葉を思いだした。

――私がきちんと動いていたら、会社は助かっていたかもしれないと思うと。

そう漏らしていた。

私たちと話したことで、自分のミスに気付いた。自分のミスによって会社が倒産しようとしている。そのことを苦にして自殺したのではないだろうか。

通称「首切り部屋」で自殺したことにも意味がありそうだ。首切り部屋で首を切られる、つまり、リストラされるべきは自分だ、と。そう考えて、会社に対する自責の念を表しているのか。このように考えるとすべて辻褄が合う。

やるせない気持ちになった。確かに仕事は大事だし、会社に対する責任感だって、あったほうがいい。けれども命を犠牲にしてまで守るべきものなどないはずだ。只野さんのミスに気付かせてしまった私たちが、迂闊《うかつ》だったのかもしれない。

そこまで考えたところで、川村先生の執務室に着いた。

執務室を覗き込んだが、電気は消えている。扉も施錠されているように見えた。

念のため、ドアレバーに手をかけ押してみる。奥へと開いた。

「あれ？」

施錠せずに帰宅したとしたら、かなり不用心だ。

弁護士の執務室には機密情報が置かれていることもある。そのため、事務所の入り口やフロアの入り口とは別に、執務室ごとに電子キーで施錠できるようになっている。執務室を出て帰宅する際には必ず施錠するのが通例だ。

部屋の中は暗い。頭を左右に振って目を凝らした。私の動きに反応して感知型の電灯がついた。

目を細めながら、明るくなった部屋を見て、私は固まった。

パターマットの脇で、川村先生がうつ伏せに倒れている。その背中にはナイフが刺さっていた。

白いワイシャツを貫通しているようだ。果物ナイフよりは大きい。が、包丁ほどの大きさはない。

背後から一突きされたようで、背中に対してほぼ垂直に刺さっている。

ナイフの周辺は赤黒く染まっていた。赤い染みは、じんわりと広がり続けているように見えた。出血が続いている証拠だ。

頭がぐらぐらと揺れた。とっさに自分の頭を抱えた。また倒れてしまう、と覚悟した。一歩、二歩、後ずさる。

そのとき、「うう……」と唸《うな》り声が聞こえた。

見ると、川村先生の手先が微かに動いている。

私はとっさに部屋を飛び出した。川村先生に息はある。私まで倒れるわけにはいかない。このまま部屋にいると、倒れてしまいそうだ。

震えを抑えながら、執務エリアを見渡す。三つ隣の執務室に明かりがついている。

私はその執務室に飛び込んだ。


救急車はスムーズに到着し、川村先生を運んで行った。

もともと、たまに事務所で人が倒れる。働きすぎる人がいるからだ。こちらも救急車を呼び慣れているし、救急車のほうも駆けつけるのに慣れている。

川村先生のチームの弁護士が付き添った。緊急処置室に入って治療をしているという。

私は自分の執務室に戻った。

自席に腰かけて「ふう」と息を吐く。軽く目を閉じて、息を整える。

「お疲れ様です」

と声がかかった。

顔を上げると、執務室の取っ付きから津々井先生が顔を覗かせている。

「剣持先生から聞きました」

普段よりもカジュアルなチノパンとシャツ姿だ。川村先生の受傷の報を聞きつけ、急いで家から出てきたのだろう。

「今、話せますか？」

穏やかな口調だ。私は心なしか気持ちが解《ほぐ》れた。

「ええ」

と頷くと、津々井先生は執務室のドアを閉じた。私の傍の椅子に腰かける。

「警察には？」

「先ほど通報しました。深夜だからか、救急車より遅れての到着になりそうです」

津々井先生は満足そうに微笑んだ。

「厄介ですから、この際、警察は事務所に入れないようにしましょう」

「えっ？」思わず訊き返す。「警察を入れない？」

「はい、そうです。この件は私がもみ消します」

津々井先生は依然として微笑みをたたえている。

「川村先生が何者かに襲われたのは確かでしょう。川村先生は、ゴーラム商会を救うために動いていました。その中で、掴んではいけない情報を掴んだ。そのために処分されそうになった。私はそう推測しています」

「処分って……」驚きで二の句が継げなかった。

弁護士業務に危険が伴うことがあるとは知っていた。依頼人から逆恨みをされて、電車の線路に突き落とされた弁護士もいた。だが自分の身近に降りかかってくるとは、想像できていなかった。

「しかし……ゴーラム商会の件とも限らないでしょう。川村先生は沢山の案件を担当されています。別の件で恨みを買ったのかもしれない」

「もちろんその可能性もあります。ですが、昨日の只野さんの件に続いて、今回の川村先生の受傷。全くの偶然で、物騒なことが重なるとも思えません」

確かに、二日続けて血なまぐさい事件が起きている。被害者の二人は、どちらもゴーラム商会と関係がある。そうすると、ゴーラム商会絡みで起きた事件と考えるのが自然だ。

「只野さんの件、来週には各社の週刊誌が報道するでしょう。ゴーラム商会が倒産するという噂が流れるのは確実です。それだけでも、ゴーラム商会の命にとどめを刺しかねません。さらに、今回のことが警察沙汰になると、決定打になってしまいます。ゴーラム商会が倒産の危機に瀕していることが報道されるでしょうから」

本来であれば、警察はすべての事情を公表するわけではない。広報担当に働きかければ、公表情報と非公表情報の線引きはしてもらえるかもしれない。だが、あくまで警察側の匙加減にかかっている。確約してもらえるものではない。

「今回のことが警察沙汰になることは、本人も望んでいない」

私は躊躇した。

一瞬、間をおいてから、

「本当でしょうか」

と口を挟んだ。

「命の危険にさらされているんです。いくら仕事だからといって、命を張っているかどうかは、本人以外には分からないのではないでしょうか」

ゴーラム商会が倒産しないよう、事件を表沙汰にしない判断もあり得る。だがあくまで、本人が決めることだ。他の人が推測で処理してはならないように思えた。

「川村先生から、書置きを預かっています。自分の身に何かあっても、守秘内容は警察に渡さないよう記されています。奥様にも同じ内容の書置きを残しているらしい」

津々井先生は、ひと息おくと、

「実に川村らしい。彼は情熱の男だから」

と笑い、懐かしそうに目を細めた。

「僕たちは学生時代から、もう三十年近い付き合いだからね」

津々井先生と川村先生が、仲良く談笑しているところなど見たことがない。むしろ対立している者同士として噂されていた。津々井先生の口ぶりは意外だったが、妙な説得力があった。おじさん同士の友情は、外から分かりづらいのだろう。

「ですが、警察を入れないと言っても、そんなことできるんでしょうか。もう呼んでしまっていますし」

「大丈夫です」

津々井先生は外の執務エリアに視線を投げた。

「とりあえず事務所の入り口に剣持先生を配置しました。今日のところは警察を払いのけてくれるでしょう」

「はあ、確かに」呆れた声が出た。

剣持先生は警察嫌いのようだし、押し出しも強い。一時しのぎにはなるだろう。

「その後も大丈夫です。私たち弁護士には、押収拒絶権や証言拒絶権があります」

法律上、弁護士が守秘義務を果たすのに必要な場合は、押収や証言を拒否することができる。

「しかし……警察は抵抗するでしょう?」

「ええ。でも、押収拒絶権や証言拒絶権を主張して、時間稼ぎをすればよいのです。その間に川村先生が回復すれば、あとは川村先生が良い具合に証言をしてくれるはずです」

上手くいけばいいのだけれど、不確定要素が多いような気がした。

「大丈夫ですよ」

私の不安を察したのか、津々井先生が言った。

「川村はタフな奴ですから、後ろから刺されたくらいでは死にません。誰が彼を刺したのかは、私たちで突き止めましょう」

津々井先生はすっと立ち上がった。

「では私は、剣持先生の加勢に行ってきます。彼女なら、もう警察を撃退しているかもしれませんがね。ほっほっほ」

ご機嫌なサンタクロースのように笑うと、執務室から出て行った。一人残された私は、じっと腕を組んで、俯《うつむ》いた。色々なことがありすぎて、頭の整理ができていなかった。

只野さんの件は自殺かもしれない。だが、川村先生は背中から刺されていた。誰かが刺したに違いない。誰が刺したのだろう。

事務所の入り口は施錠されているとはいえ、セキュリティカードがあれば入れる。弁護士四百名超のほかスタッフを考慮すると、一千人以上が犯人候補になる。誰かがセキュリティカードを紛失したり、第三者に貸し出したりすることだってあり得る。容疑者は全然絞れない。

津々井先生はなぜか確信をもって、ゴーラム商会絡みだと断言したが、そうとも限らないと思えた。もともと横柄な川村先生だから、別のところで恨みを買っていてもおかしくない。

何も分からない。どうしようもなくて、考えるのを止めてしまった。

執務室の中にある古びたソファに倒れこむ。

メイクを落とさなきゃと思ったが、そんな余力は残っていなかった。

自前のブランケットに包《くる》まって、そのまま寝てしまった。

第三章　同じくらい異なる私たち

1

津々井先生の言葉通り、川村先生は一命をとりとめた。

通常であれば失血死してもおかしくないくらい大量に出血していたのだが、奇跡的というか、さすがというか、強靭《きょうじん》な生命力で持ちこたえたらしい。

ただ、未だ意識は戻らない。

翌日朝には、警察が事務所に乗り込んできた。事務所が入居しているビルのオーナーに掛け合って、セキュリティカードを入手したようだった。

事務所からは見張り役の弁護士を出して、警察には機密文書やデータには一切触れさせなかった。数度に渡る言い合いの末、写真撮影や指紋検出といった現場検証だけが行われた。一旦は周辺物の留置は免じられたが、警察は諦めていないだろう。早々に川村先生の意識が戻らないと、ゴーラム商会の機密情報が流出してしまう。

弁護士側の頑張りとは裏腹に、ゴーラム商会の悪評は瞬く間に広がっていた。各社の週刊誌で、『首切り部屋の首切り事件』と騒ぎ立てられたのだ。

記事の主眼は、只野さんの変死の原因にスポットを当てるものだ。会社の業績悪化は軽く触れられる程度ではあったが、取引先からすると、このような微細な情報も気になるだろう。ゴーラム商会の仕入れや融資に悪影響が出てくるのも時間の問題のように思えた。

社員へのインタビュー記事もあった。

遺体で発見された只野さんは、誰からも好かれる良い人だったということが書いてある。早くに両親を亡くし、年の離れた姉のもとで育った。しかし大学在学中に、その姉も亡くしてしまう。その後、姉が勤めていた金物メーカーに就職し、商社勤務を経て、ゴーラム商会に転職したという。以前の職場の同僚も、只野さんはまじめで、他の人がやり忘れた仕事も進んで引き受けるタイプだったという。

こういう記事には、すごく悪い人かすごく良い人しか出てこないから、話半分で受け止めたほうがいい。分かっているが、只野さんに同情せずにはいられなかった。

両親を失い、姉を失い、さらに本人まで若くして亡くなっている。死にざまも惨《むご》い。無念だっただろうか。只野さんの心境を勝手にあれこれと考えてしまう。もし私だったら、とも考えた。私だったら、同情なんてされたくない。だから只野さんも同情されたくないかもしれない。けれどもやはり可哀想《かわいそう》だ。

せめて、只野さんの死の真相を知りたいと思った。自殺だとしたら、どうして死を選ばなければならなかったのか。

川村先生への襲撃との関連性も気になる。川村先生本人は納得ずくだとしても、奥様を始めとする家族からすると、きちんと事件として調べて欲しいに違いない。

そうはいっても、他の業務が止まるわけではない。慌ただしく日常は過ぎていった。

シマばあちゃんの入院は延長した。どこかで風邪をもらったのか、数日の間、発熱していた。抵抗力も落ちているから、詰まりそうな血管を手当てする手術は延期になった。その分、入院期間も延びる。手続きをしただけでなく、タオルや寝間着の替えを持っていったり、入れ歯洗浄剤を買い足したり、こまごまと手間がかかった。

さらに、剣持先生と私はそれぞれ警察署に呼ばれ、只野さんの事件について、正式な供述調書をとられた。といっても、先に話したことをなぞるだけだ。ゴーラム商会が倒産寸前であることや、内部通報を受けて動いていることは話していない。川村先生に関連することも話さない。あの剣幕だから、剣持先生も絶対話していないだろう。

一週間ほど経った十月二十五日、津々井先生が会議を設定した。

メンバーは剣持先生、古川君と私。それからなぜか哀田先生だ。

「哀田先生から情報共有があるそうです」

いつも通りの落ち着いた口調で、津々井先生が切り出した。

哀田先生は、そそくさと手持ちの資料を配った。

「ゴーラム商会の件ですが、スポンサーとの契約がまとまりました」

そう言う哀田先生の顔色は暗い。というより、青白い。上司の川村先生が受傷したことにより、多くの案件が哀田先生に降りかかってきていると聞く。

哀田先生は川村先生から日々こき使われていたから、そのストレスはなくなっただろう。だが業務量の増加を加味すると、プラスマイナス、マイナスの状態ではないか。

「ゴーラム商会は、色々と緩いところのある会社なのですが、プロモーションとマーケティングの部門はピカイチなんです。ノウハウを教えて欲しいという要請は元々あったのですが、今回は部門ごと売却することになりました」

本来であれば、業務提携契約などを結んで、ゴーラム商会がノウハウを提供する代わりに、別のサービスを提供してもらうことも可能だ。業務委託契約を結んで、勉強代として現金を入れてもらうこともあり得るだろう。

だが、こちらはすでに瀕死の会社だ。まとまったお金が今すぐ欲しい状況である。その弱みに付け込んで、部門ごと買い受けようというわけだ。部門ごと買ってしまえば、すでにノウハウを持った社員がついてくるから社員教育も要らないし、組織作りを行う必要もない。

「その、買い手というのが、この会社ですか」

配られた資料を、剣持先生が指さした。

「はい、この会社です。テトラ貴金属といいます」

哀田先生が答える。

私は手元の資料に視線を落とした。テトラ貴金属という会社の登記簿謄本だった。

「上場していない会社なので、株主構成などは分かりませんが」

哀田先生が補足した。

登記簿謄本に目を通したが、これといった情報はないように思えた。

代表取締役として「赤坂宗男《あかさかむねお》」という氏名と、世田谷区の住所が記載されている。テトラ貴金属の本社は渋谷《しぶや》区にあるらしい。

だが、私は自分の中で、何か引っかかりを感じた。最近どこかで聞いたような気がする。記憶をたどって、次の瞬間、

「テ、テトラ貴金属?」

思わず口をついて、言葉が出ていた。

他の四人が一斉に私を見た。

「い、いえ、なんでもありません」

とお茶を濁す。

テトラ貴金属と言えば、シマばあちゃんが、交際相手のイケメンじいさんからもらった指輪のメーカーだ。指輪を見せられたときに、化粧箱に社名が刻まれていた。

シマばあちゃんがもらっていたというだけで、それ以上の意味があるわけでもない。それなのに聞き覚えのある単語に反射的に応じてしまって恥ずかしい。

テトラ貴金属は創業十数年の新興のジュエリーメーカーだ。まだシェアで十本の指に入っていないが、順調に売上規模を拡大している。

アパレルのプロモーションやマーケティング部門であれば、ジュエリーメーカーでも役立てられるだろう。

「テトラ貴金属が買い取ってくれるというのは、確実ですか？」

津々井先生が訊《たず》ねた。

「ええ、すでに話はまとまりました」

哀田先生はくたびれた調子で応じた。

「とりあえず入金を受けられるので、しばしの延命にはなります」

と言って、ため息をつく。

一旦はゴーラム商会の危機を回避したのだから、もっと胸を張ってもよいはずだ。だが、疲れが前面に出ているように見えた。

「テトラ貴金属との交渉、川村先生も関与されていたのですよね？」

津々井先生が訊いた。

「はい」

哀田先生は、携帯電話のスケジュール帳を開きながら答える。

「先月から四度に渡って交渉しています」

津々井先生は腕を組んで、視線を明後日の方向へ投げた。何か考え事をしているように見えた。

「実は、川村先生が残していた手帳を拝借しました」

津々井先生は、足元に置いてあったらしい袋から、革の手帳を取り出した。表面は照りのある濃い茶色で、使い込まれた趣がある。

「彼は刺された当日、テトラ貴金属の社長を訪ねています」

「え、川村先生がですか？」

哀田先生が声を上げた。普段の話し声よりも大きいし、少し調子もずれていた。川村先生の行動に、驚いているのかもしれない。

「テトラ貴金属の社長とは、契約交渉の場面で何度か顔を合わせています。ですが、川村先生が直接社長を訪ねるなんて、それはご法度でしょう」

哀田先生の目元がすっと暗くなったような気がした。

契約交渉の場合、相手方にも弁護士がついていることが多い。その弁護士をすっとばして、相手方本人と直接話そうとするのは、弁護士としては問題行為だ。

「ご存じではなかったですか？　どうも一人で、社長の自宅を訪ねているようです。そしてその晩に刺されている。何か不都合なことを知ってしまったのかもしれません」

不都合なことと言われても、釈然としなかった。刺してまで口止めしたいような情報がそうあるとも思えない。

「テトラ貴金属、あの会社は変ですよ。色々な会社を吸収してできた、ツギハギの会社です。僕は、あの会社は、ちょっと……」

津々井先生は言葉を濁した。いつも堂々と、明瞭に話す人だから、こういう割り切れない態度は珍しい。

「とにかく、事情が変わりました。ゴーラム商会の内部通報の件、真面目に調べたほうがよいかもしれません」

「もともと真面目に調べるつもりでしたよ」

剣持先生が口を挟んだ。

「近藤まりあの人柄や素行は、この際どうでもいいです。これまで近藤が在籍していた会社の倒産原因は何だったのか、どのように倒産したのかを調べてください」

「どうしてですか？」私はやっと口を開いた。

川村先生の受傷は、テトラ貴金属と関係があるかもしれない。だが、ゴーラム商会や近藤まりあに飛び火するのは疑問だ。

「今は理由を言えません」

「しかし、調査の目的が分からないと、こちらも調べにくいです」

剣持先生が反論した。

だが、津々井先生は首を横に振るばかりだ。

「やはり言えません。僕の邪推、いや、妄想かもしれないので。何一つ確定的なことは言えない。僕はこれから海外出張ですが、一週間で戻ってきますから、戻った後に話しましょう。それまでに、過去に近藤が勤務していた三社、調べてください」

私は剣持先生の顔色を窺った。

剣持先生は、むすっとして数秒黙っていた。しかし、しぶしぶといった感じで、

「分かりました」

と言った。

「いいですか、危険なことに巻き込まれたら、手を引くように。安全第一でやっていきましょう」

これは剣持先生に向けての言葉のようだ。

津々井先生は、剣持先生の目を見て言った。

渋い顔のまま、剣持先生は頷いた。


私たちは手分けをして調べることにした。

近藤まりあが過去に勤務していたのは、小野山メタル、マルサチ木材、高砂フルーツの三社だ。

小野山メタルは古川君、マルサチ木材は私、高砂フルーツは剣持先生が担当する。

三人でくじを引いて割り振りを決めたのだが、

「げえ、俺、マルサチ木材がよかったな」

と古川君は漏らした。

実際、マルサチ木材にあたった私は正直ラッキーだと思った。

倒産と一口に言っても、完全に会社を消滅させる場合、一部を存続させる場合、債務を整理して再建を目指す場合など、色々なパターンがある。

小野山メタルや高砂フルーツは、会社を完全に消滅させてしまっている。いわゆる破産手続きというものだ。そのため、元同僚たちは散り散りになって、各々新しい会社に移ってしまっている。

「どこから探していいか、分かんないっすよ。聞き込み、どうするんすか」

そう愚痴る古川君に対して、剣持先生は即答した。

「転職情報サイトとかで調べなさいよ。自分の履歴書を公開している人とかいるでしょ。小野山メタルを検索すれば、過去に小野山メタルに勤めていた人を見つけられる。そういう人にあたって、他の社員を紹介してもらって、そうやって芋《いも》づる式に調べればいいじゃない」

聞いてしまえば単純な方法であった。だが、それをすぐに思いつく剣持先生は、意外とこういう特殊な案件が得意なのかもしれない。

「で、美馬先生のマルサチ木材のほうは簡単ね」

剣持先生の念押しに、私は頷いた。

私が担当するマルサチ木材は、民事再生という手法を用いている。

事業の収益は十分に上がっているのに、直近で返す必要のある借金を返せずに、会社がパンクしてしまうことがある。そういうときは、一旦、借金返済を待ってもらって、事業を立て直してお金を貯めてから、返済させればいい。

お金を取り立てる側からしても、今すぐ会社が消滅して一円も返ってこないよりは、数年待ってきちんと返してもらったほうがよいからだ。

どのように会社を立て直すか、計画を立てて、裁判所に提出する。裁判所が審査して、この計画でいきましょうとなると、借金の返済を停止して、会社を立て直しにかかる。五年とか十年といった長期間をかけて借金を返済し終えると、手続き終了だ。

「私は再建中のマルサチ木材を訪ねてみます」

「そうしてちょうだい」

「ええと、今日が十月二十五日、月曜日っすね」

古川君が執務室の壁に貼ってあるカレンダーに視線を投げた。

「津々井先生は、来週の月曜日、十一月一日に帰ってくるわけですね」

剣持先生は、カレンダーに近づいて、十月二十九日、金曜日の部分を指さす。

「とりあえず、今週の金曜日までの五日間で、それぞれ調べをつけましょう。週末にそれらを突き合わせればいいわ。連携が必要な場合は、その都度、声をかけること」

私は了解の意のつもりで黙っていたら、剣持先生がぎろりと目を見開き、

「返事は？」

と言った。ドスの利いた、結構怖い声だった。

びっくりして私は反射的に「はいっ」と応じた。

だが、古川君は慣れているようで、「はい、はーい」と明るく返事をして、自席に戻っていった。

マルサチ木材の本社兼工場は、立川《たちかわ》駅からさらにローカル線に乗り換え、十五分揺られたところにあった。

翌日の朝八時には自宅を出たが、最寄り駅に着いたのは十時少し前である。

駅前は商店がまばらにあるものの、一本道を曲がると、小ぶりな工場や倉庫が並ぶ都道だ。用事がないと一般人はやってこないであろう。

このあたりには数百メートルおきに材木屋が並んでいる。

三方を囲う山林から切り出される地場の林業のほか、他県からの材木の運び入れがある。都道を歩いていると、荷台に丸太を乗せたトラックが二台、私を追い抜いていった。

ジャケットにワンピース、パンプス姿でやってきたのが場違いに感じられた。

マルサチ木材の場所は、すぐに分かった。

都道に向かって木製の看板が掲げられている。「幸」という字の周りに円が描かれたロゴマークとともに、「マルサチ木材」と彫り込まれ、太く黒塗りされていた。

道路に面している敷地幅は、ざっと三十メートルはあるだろう。奥行は分からないが、かなり広そうだ。向かって左側には平屋の民家が立っている。「幸元《さちもと》」という表札が出ていることからすると、創業者一族の住居なのだろう。右側には、二階建ての事務所があった。正面入口の上部には、社名を彫り込んだ一枚板が飾られている。立派なものだ。

事務所に入ってすぐ、一人掛けの受付デスクがあり、五十代と思しき女性が座っていた。

「おはようございます」張りのある声だ。

私も挨拶をして、刺《し》を通じた。事前に来訪の連絡はしてあった。

「昨日お電話くださった弁護士先生ね」

愛想よく笑うと、しみじみした調子で言った。

「もっと厳《いか》ついおじ様が来るものだと思って、身構えていましたのよ。お電話口は女性の方でしたけど、てっきり秘書の方かと思って。こんな可愛らしいお嬢さんが弁護士さんをされているのねえ」

立ち上がって、

「こちらへ。社長を空けておきました」

と歩き出し、事務室奥の階段を上がった。

私も後に続く。二階は二部屋しかない。応接室と、社長室だ。受付の女性は、社長室のほうへ向き直り、ノックをした。

返事はない。少し待ってもう一度ノックをする。それでも返事はない。

「もしかして、また。社長ったら」

と言って、そのまま扉を開けた。

一瞬、誰もいないように見えた。

奥には社長が座るらしいデスクが、入り口を向いておいてある。手前にはよくある応接セット。ローテーブルの両脇に、古びた二人掛けソファが一つずつある。

受付の女性は、そのソファの一つに近寄った。

「社長、起きてください。しゃ、ちょう！」

声を張るが、反応はない。

私もこわごわと入室し、ソファを覗き込んだ。

六十前後と思われる小太りの男が、毛布に包まっている。頭頂部だけ、つるっとハゲているのに、その周りはふさふさだ。

「社長！」

受付の女性は、部屋の隅の縦型ロッカーからハエ叩きを取り出し、社長の横面をはたいた。

「え、ええ」

私は小さく漏らした。

約束の時間まで寝てしまっていたとはいえ、自社の社長の横面をはたくことはないだろう。

「美馬先生、本当にすみませんね。うちのは、本当に寝起きが悪くって」

その言葉を聞いて、この受付の女性は社長の奥さんなのだろうと合点がいった。だからこそ、横面を叩くくらいのことができるのだ。

「敷地のすぐ横に家があるっていうのに、家に帰る時間も惜しいと言って、社長室で寝てしまうことも多いんです。昨晩は徹夜していて、さっきまで起きていたから大丈夫かと思ったんですが。隙を見つけては寝るものですね」

淡々と話すのを聞いていると、社長が気の毒になってきた。

身を粉にして働いて、やっと眠れたところで、ハエ叩きで叩き起こされるのだ。

「お時間を改めましょうか？」

控えめに提案する。ここまでくるのに二時間かかっているから、日を改めるとは言えなかった。このあたりに時間を潰す場所は多くはなさそうだが、駅前に戻れば喫茶店くらいあるだろう。

「いえ、起こしますよ」

奥さんはやっきになって、社長を叩く。

いたたまれなくなって、

「や、やめてください。こちらは大丈夫です」

と奥さんを止めた。

だが奥さんは、

「いえ、起こしますから」

とハエ叩きを握りなおす。

私がこの場にいる限り、社長を叩き続けそうな勢いだから、

「二時間後に改めますので」

と言って一礼し、その場を離れた。

奥さんに捕まると律儀に連れ戻されそうだから、早足で事務所を出る。とりあえず駅のほうへ引き返した。

ところが、駅前には小さなコンビニが一軒、クリーニング屋が一軒、ラーメン屋と定食屋が数軒ずつ並んでいるくらいで、二時間も時間を潰せる場所はない。仕方がないから、駅の待合室のベンチに腰を掛けた。

十月も後半に差し掛かって、肌寒い日も増えてきた。待合室の扉は立て付けが悪く、隙間風が入ってくる。しかも、この時期にはまだ暖房やストーブはないようだ。

冷たい風にむずがる鼻を押さえながら、これで風邪をひいたら剣持先生に怒られるな、と考えて小さく笑った。

不思議な気分だった。剣持先生のことは苦手だった。そばにいると、自分が惨めだから。今でも、その言動はところどころ胸に引っかかる。剣持先生は恵まれていて、物事を一面的にしかとらえないから、そういうところを軽蔑《けいべつ》してしまうこともある。

しかし、今回の案件を通じて、ちょっとした愛着が湧いているのも事実だ。一緒に死体を発見したから、吊《つ》り橋効果と呼ばれるものだろうか。

うちの事務所の弁護士は、概して優秀だ。その中でも剣持先生は頭一つ抜けて優秀ではあるが、デスクワークではその差は見えにくい。ただ、ああいう異常な場に置かれると、その人の強さや優しさが試される。

私が片腕にしがみついたときに、もう片方の手を添えて支えてくれたこと、気絶している私の足元にジャケットをかけてくれていたこと、水を買ってきてくれたこと。

細かい気遣いに、ほだされそうになっている。負けを認めるようで、ため息が出た。

「あの、美馬先生？」

急に正面から声がかかって、顔を上げた。

待合室の入り口に、三十代半ばくらいの青年が立っている。

下半身は灰色のニッカポッカ、上半身はニッカポッカと同じ生地のベストと、黒い長袖Tシャツを着ている。

「すみません、マルサチ木材です」

白いタオルを巻いた頭を下げる。

一見して、力仕事に従事している男だ。しかし、その顔は理知的だった。高くて細い鼻が印象的で、目元には人懐っこい笑みが浮かんでいる。よく見ると、それほど日焼けもしていないし、両腕の筋肉も薄付きだ。

「さきほどはうちの親父が、すみませんでした。お待ちいただくとしたら、ここしかないだろうと目星をつけて来たんです。この辺は店が全然ないですが、ここよりはいい場所がありますから、移動しませんか」

そう言って、待合室の外を指さした。軽トラックが止まっていた。

動き出す車の振動に揺られながら、軽トラックの助手席に乗るのは久しぶりだと思った。

「本当はうちの応接室にお通しして、ゆっくりして頂きたいんですが。社に帰ると、おそらく母が親父を起こそうと躍起になるので」

先ほどのハエ叩きを思い出した。

「すみません、自己紹介が遅れまして。幸元耕太《こうた》です」

「ええと、幸元さん、ということは、社長さんの？」

耕太の横顔を盗み見た。

「ええ、社長の息子です。いま便宜上ですが、専務もしています」

その言い方が、どこか言い訳じみているのが気になった。だが、こちらが気にするのも変だ。

「専務さんなんですね」

ニッコリ微笑んだ。

「お忙しいでしょうに、お相手頂き、ありがとうございます」

沢山合コンしているから、このくらいの言葉はすらすら出てくる。

「い、いえ。最近はだいぶ落ち着いてきたので。ああ、ここです。すみません、こんなところで」

と言いつつ、車を入れたのは、都道沿いのガソリンスタンドだった。

「おっらーい！」とスタッフが掛け声をかけた。

「このあたり、お茶を飲めるのは、ガソリンスタンドの喫茶室くらいで」

ばつが悪そうに、頭を掻《か》いた。

「とんでもないです」私はすぐに言った。

もともと駅の待合室で時間を潰そうと思っていたぐらいだ。暖かいところでコーヒーでも飲めたら万々歳だ。仕事もあるだろうに、こうして車を出してくれただけでも、その気遣いが有難い。

「母、怒っていたでしょう」

紙コップの中のコーヒーを見つめながら、耕太は言った。

私たちは、喫茶室のカウンターに並んで座っていた。すぐ正面はガラス張りで、ガソリンスタンド内でぶらぶらしているスタッフや、洗車している車が見える。

「許してやってください。親父への鬱憤が溜《た》まっているんです。もともと、うちの会社は親父のワンマン経営のせいで潰れかけたようなもんですからね」

毛布に小さく包まった社長の姿を思い出した。あの小柄な男性が、そんなにワンマンだったとは想像がつかない。

「お父様は、決断力のある方なのですね」

丁寧に言い換えると、耕太は苦笑した。

「決断力と言うと聞こえがいいですけどね。独断専行という感じでした。うちは、曽祖父の代まで旅館をしていたのですが、祖父が製材業に鞍替えをして、父が二代目です。老舗というほどではないですが、付き合いの長い業者は多かった。ご覧の通り、このあたりには山林が多いですから、地元の林業者から丸太を仕入れることがほとんどでした」

耕太はコーヒーを一口すすり、渋い顔をした。

「父はヤマっ気のある人です。祖父の代より会社を大きくしようと躍起になっていました。ちょうど世間ではマイホームブームで木材需要は伸び続けていました。ところが、仕入れはそう簡単に調整できるものではありません。出入りの業者から仕入れられる量は毎年ほぼ決まってきます。需要があるからといって切りすぎると、将来的に森林がもちませんしね。それで、親父は、全国からの仕入れも始めたのです」

「そうなんですね」

聞きっぱなしもまずいと思い、相槌《あいづち》を挟んでおく。

「ええ。しかし、全国からの仕入れは、祖父の代でもまれにありました。欲を出さずそのくらいにしておけばよいものを、親父はさらに、海外からも丸太を仕入れるようになります。そもそも国内産の丸太は価格が高いですからね。海外から安く仕入れようという魂胆もあったんだと思います」

「海外からですか。商社が間に入るのですか」

「卸が挟まるのです。海外の場合は、その国専用の卸がいます。はじめのうちは東南アジアのいくつかの卸を使って、バランスよく仕入れていました。しかし次第に、インドネシアのノフィという男から仕入れる量が増えていきます」

「個人で営んでいる卸なんですか？」

「ええ、なかなか腕利きで、手広くいろんな種類を集めてきてくれます。小回りが利くっていうんですかねえ。最近は森林保護が意識されるようになって、東南アジアでも木材は入手しづらくなっていました。そんな状況で、ノフィは貴重な存在でした。しかも大量に注文をすれば、そのぶんディスカウントを利かせてくれます。毎月決まった量、マホガニーは何トン、チークは何トン、という感じで大量に仕入れるようになりました。毎月の取引内容を固定してしまえば、準備や配送を効率化できるので、さらに値下げしてもらえます」

私は首を傾げた。いかに木材需要が高まっているとはいえ、毎月決まった量を仕入れていると、売りさばききれないこともあるのではないだろうか。木材は保存がきくといっても、在庫保管コストもかかる。

その点を問うと、

「そうなんですよ」

と耕太は苦笑した。

「しかし妙なことにね、ノフィは余ったぶんは返品を受け付けるというのですね。返品された丸太ぶんの代金は返す、と。そういう条件なら、うちには損はないからといって大量仕入れを続けました。しかしちょうど五年前、ノフィと連絡が取れなくなったのです。現地にも行きましたが、もぬけの殻です。現地の住民の話によると、ノフィの稼業は倒産して、夜逃げをしたそうです」

「なるほど」

私は頷いた。

大口の仕入れ先の倒産となると、事業への影響は大きい。

「仕入れのうち、どのくらいをノフィに依存していたのですか？」

「全体の四割ですね」

「それは大きいですね。それで仕入れがおぼつかなくなった？」

「いえ」耕太は首を横に振った。

「実は仕入れてきた丸太は余るほどあったのです。それまで毎月大量に仕入れていましたから。ただ、返品の代わりに返すと言っていた代金は回収できていません。そのせいで、うちはノフィに対して膨大な額の不良債権を抱えることになりました」

「どのくらいですか？」

「売上高の三割です」

私は絶句した。そのくらいの額の不良債権というだけでクラクラする。それに、それだけの額を、何の保証もない海外の商人に預けていたこと自体、相当な不注意だ。

「うちの親父のせいです。親父がノフィを過信していた。周囲は止めたらしいのですが、聞く耳をもたなかった。それで、未だに母は親父を恨んでるんです」

止めたらしい、という言いぶりが引っかかった。

「幸元さんは、そのとき、どちらに勤務されていたんですか？」

耕太は照れたように頭を掻いた。

「ああ、僕が入社したのは民事再生手続きが始まった五年前なんです」

と、質問からは微妙にずれた答えを述べた。元の勤務先については話したくないのだろうか。

「ですから、倒産の前後のゴタゴタについては、親父から聞くのが一番です」

自分のせいで倒産したわけではないというような口ぶりだ。

私は手元の紙コップからコーヒーをすすった。

「しかし、立て直しの時期に入社されたとなると、大変だったでしょう」

耕太は神妙な顔で頷いた。

「そうなんですよ。うちは家族経営の会社ですが、最盛期は社員が百人近くいました。職人さんだけじゃなく、事務の子も結構置いていました。それを半分くらいにしなくちゃいけないですから。実は、これまでも経営が悪化したときにリストラをしたことはあるのです。契約社員と派遣社員を使っていたので、彼女たちに辞めてもらうことで対応できました。ただ、今回は正社員を切っていかなければならず、社内の反発が大きかった。僕も小さいころからお世話になっているベテランの職人さんを何人もリストラしました。恨まれても仕方ないと思います」

「でも、整理解雇は、事務員からやっていったんでしょう?」

私は探りを入れた。近藤まりあは経理担当だ。整理解雇された事務員のうちの一人だろう。

「ええ。事務員は本当にベテランの数人を残して、ほぼ全員辞めてもらうことになりました。うちの母や僕でも肩代わりできる部分ですからね。職人さんはそうはいきません」

耕太の表情を盗み見た。特に顔にこわばりは見られない。リラックスしているほうだろう。むしろ、少し口もとを尖らせて、話も滑らかになってきた感じだ。

私は思い切って、

「経理を担当されていたという、近藤まりあさんをご存じですか?」

と訊いた。

耕太は、一瞬、訝しげに私を見つめ返したが、

「近藤さん?　分からないなあ。もしかすると、整理解雇の手続きを僕が担当したかもしれないけど。あの時は事務員の一人一人を覚えていられるほど、余裕がなかったし」

と言って、神経質そうに紙コップのふちを叩いた。

木材加工業の三代目とは思えない、細長くて、傷一つない指だ。

「そろそろ、戻ってみましょうか。親父も起きているはずです」

目も合わせずに席を立って、空になった紙コップを二つ重ねて、ごみ箱に投げ入れた。が、コントロールが悪くて外した。すごすごと拾いに行って、ごみ箱に入れなおしている。

私はとっさに、自分の鞄の中を覗き込む仕草をして、耕太がごみ箱へのシュートを外したことには気付かないふりをした。こういう細かいことで、機嫌を悪くする男の人もいるからだ。そういった動きは自然に染み付いていた。

「美馬先生、大丈夫ですか？　行きますよ」

耕太の言葉に微笑して、

「すみません、今行きます」

鞄を閉じて、後を追った。


社長は、起きていた。

工場のほうで、中年の男性数人に、大声で指示を出している。

軽トラックから私が降りると、小走りで寄ってきた。

「先生、すみませんねえ。お待たせしてしまいました」

腰をほぼ直角にして頭を下げた。仕事で謝り慣れている人の動きだ。

息子の耕太とは体格も顔つきも異なる。息子はひょろっと頼りなさげなのに対して、社長は小柄ながらむっちりしていて、豆タンクのようだ。顔全体に刻まれた笑い皺や、垂れた顎の肉、大きい耳たぶは、七福神の恵比寿を彷彿《ほうふつ》とさせた。愛嬌のある目元は息子とも似ている。商売人としての年輪が刻まれている顔だと思った。営業用の笑顔も、はきはきとした声も、すべて身体に染み込んでいるのだ。

私も挨拶をして、共に社長室へ戻った。

「さて、倒産原因ということでしたな」

社長が応接ソファに座ると、私の二倍くらい、座面が沈んだ。

「私の不徳の致すところとしか、言えません」

はっきりとした口調だった。

話の内容としては、耕太の話と同じだった。

ノフィという卸を信用しすぎたことによって、不良債権が焦げ付き、現金が足りなくなった。それで銀行や他の取引先にお金を返せなくなったというものだ。

私はあらかじめ断って、ＩＣレコーダーで録音していた。あとで剣持先生や古川君に共有する必要がある。

「ノフィへの依存を止める人はいなかったのでしょうか？」

「いました。特に妻は反対していました。しかし、私は今の数倍、ワンマンでやっていましたから、聞く耳をもたなかったんです」

この点も、耕太の話と一致する。

「そもそも、ノフィとはどうやって知り合ったんですか？」

「たまたまなんですが、東京の大きい商社で働いていたという人から紹介を受けたのです」

「その紹介者というのは？」

「名前は言えません。ただ、うちの事務員の子が、その商社の方と知り合いだったので、事務員経由で商社の方と会って、商社の方からノフィを紹介してもらったのです」

「事務員の方というのは？」

「近藤という、主に経理を担当している女の子でした」

その名前を聞いて、鼓動が速まった。

フルネームで訊き返すと、社長は意外そうに眉を上げた。

「近藤まりあさん？」

「先生、ご存じですか。確か、まりあという名前でした。若くて、ぱあっと周りを明るくしてくれる感じの子でした」

確かに、身なりに気を配る近藤が、この材木店にいると、周囲から際立って華やかに映るかもしれない。

「もちろん、近藤に悪気はなかったと思いますよ。丸太が入手しづらいとボヤいている僕を助けようと思って、紹介してくれたんだと思います。実際、ノフィは使い勝手のいい業者でした。ノフィに依存しすぎたのは私のミスです」

マルサチ木材の経営悪化に近藤は関与していた。近藤が在籍する会社が次々と潰れていくのは偶然ではないということか。

もちろん、一撃必殺的に会社を潰すのは難しい。しかし、こうやって、確実に会社の弱点を突いて、悪いほうに転がすことはできるのだ。色んな弱点を突き続けていれば、どこかでクリティカルヒットすることはあるだろう。

「近藤さんについて、他に気になる点はありませんか？」

私は念のため訊いておく。

「いや、特に……。若い女の子のことですから、僕はよく分からんのです。妻のほうが詳しいかもしれません。事務員を取りまとめていましたから」

とりあえず、次の質問へ移ることにした。

「質問は変わりますが、会社の立て直しの大まかなプランを教えてもらえませんか？」

社長はローテーブルに両手をついて、ゆっくり立ち上がった。デスクの袖を開けて、書類を取り出す。

「これです。裁判所に承認された再生計画案。特に大口の取引先を除いて、支払いはしばらく待ってもらうことになりました。その間にキャッシュフローを改善しなければなりません。抜本的にリストラをする必要がありました。銀行や裁判所はさっさとリストラしろというのですが、実際はそういうわけにもいかんでしょう。結局、時間をかけてリストラは実行しましたが、その後、再雇用先を見つけるのに奔走しましたよ」

「再雇用先の世話までしていたのですか？」

社長は怪訝そうに私を見つめかえすと、

「そりゃ、先代から付き合いのある社員を放り出すわけにもいきませんから」

当然そうに答えた。耕太の話では、過去にも人員整理を行ったことがあり、契約社員や派遣社員が整理対象になったということだった。その時は再雇用先の世話までしていないだろう。勤務歴の長い正社員は、会社の倒産局面においても優遇されるわけだ。

「幸い、まとめて引き取ってくれる会社がいたから助かりました」

「社員をまとめて？」

そんなに虫のいい話があるものかと疑問に思った。

「ええ。在庫管理や倉庫番をしていたスタッフたちは特に優秀で、そこを評価してくれた会社もいたんですな。部署ごと十名ほど、雇用を引き継いでもらいました」

優秀な社員の離脱は会社としては痛手だが、目下の現金不足には代えられないのだろう。社員としても再就職先が見つかるのは良いことだ。

しかし、私は胸の内に、ひっかかりを覚えていた。

恐る恐る訊く。

「その、引き取り手の会社というのは？」

「テトラ貴金属です」

さっぱりと答えが返ってきた。人懐っこい目元が丸くなっている。

「何か問題がありましたか」

私の表情を見て、社長は言った。

2

帰りの電車の中で、剣持先生と古川君に連絡した。

二人とも今日は関係者探しに当てていて、明日以降にヒアリングを行うようだった。

テトラ貴金属の名前が出てきたときに、津々井先生が警戒していたのを思い出す。

ゴーラム商会とマルサチ木材。ともに、近藤が在籍して経営が悪化した会社だ。そのどちらもが、事業や人員の一部をテトラ貴金属に渡している。確かに怪しい。川村先生の受傷にも関わっているとすると、相当に後ろ暗い背景がありそうだ。

だが、他社の事業や人員を吸収しながら、会社を大きくするのは珍しいことではない。

倒産しそうな会社の場合、安く買い取ることも可能だから、そういう会社を中心に吸収合併を行っているのかもしれない。死体に群がるハゲタカのようではあるが、ビジネスとしては何も悪いことをしていない。

いずれにしても、他の二人の調査を待たないと何も言えない。

携帯電話が鳴ったのは、ローカル線を降りて、立川駅で乗り換えようとしていたときだった。知らない番号からだ。

不審に思いながら出ると、

「先生、ちょっと戻ってきてください」

と男の声がする。

「いま、どこですか。引き返してもらえませんか」

息も絶え絶えといった様子だ。

「えっと、どなたですか?」

と訊くと、

「すみません。マルサチ木材の幸元です」

声の若さから、息子の耕太のほうだと予想がついた。

「父が、警察に連れていかれました」

「えっ、警察に?」

「戻ってきて、相談に乗ってもらえませんか。母が取り乱してしまっていて……。弁護士の先生が話を聞いてくれるだけでも、多少落ち着くと思うので」

耕太の声に焦りがにじんでいる。

本来なら、まずは息子自身が母の話を聞いて、落ち着かせるのが一番だ。だが、こうして私に助けを求めるのも、彼なりの母孝行なのかもしれない。

「わ、分かりました。戻りますが、今からですと、三十分はかかります」

耕太はそれでもいいと言う。

電話を切って、踵を返した。

早足で歩いて、ローカル線の下りに乗り込む。

腰を直角に曲げて頭を下げる社長の姿を思い出した。強引なところがあって、身近な人との禍根はあるのかもしれない。耕太が母親のことは「母」と呼ぶのに、父親のことは「親父」と呼ぶのも、葛藤《かっとう》と距離感の表れなのだろう。

それにしても、社長が警察に連れていかれたとは、どういうことなのか。電話で耕太と話しても要領を得なかった。とにかくマルサチ木材に戻るしかない。

いつの間にか最寄り駅に電車が滑り込んでいた。改札を抜けると、駅前に、耕太の軽トラックが止まっているのが見えた。

「先生、すみません」

運転席から覗かせた顔には硬い表情が張り付いている。運転中も言葉少なだ。急いで事情を聞いてもしかたないから、私からも訊ねなかった。

マルサチ木材に戻ると、幸元家の住居に通された。

平屋の木造建築である。材木屋の家だけあって、柱や梁《はり》がどれも立派だ。田舎としてはそう大きい家ではないが、部屋数は五、六はありそうだ。

山間地なので冷えるのだろう。居間にはもう炬燵《こたつ》が出ていた。社長の奥さんは、下半身を炬燵に突っ込んで、上半身は分厚い一枚板の天板に突っ伏していた。

私を呼びにくるよりも何よりも、傍にいてやればいいのにと思った。息子というのは、そのあたりの気遣いができないのだろうか。

「母さん、先生来たよ」

と声をかける。

奥さんはのそっと顔をあげて、正座をし、

「せんせい、これは、たいへん、すみませんで」

と弱々しく言って、頭を下げた。

「いま、お茶を入れますから」

と立ち上がろうとする。

「いえ、構いません」

私が固辞すると、

「いえ、そういうわけにはいきません」

と、やはり立ち上がろうとする。

「本当に大丈夫ですから」

私は奥さんの腕を押さえる。

ハエ叩きで社長を起こそうとしたときのように、意固地になりそうな雰囲気だ。こういう時は息子の耕太がお茶ぐらい出せばいいのに、気が利かない。

「あ、あの、耕太さん？」

私は小首をかしげて、笑顔を作った。

「お母さまの身体が冷えてらっしゃるから、お茶を入れてくださるとよいのですけど」

耕太は悪びれるふうもなく、

「ああ、そうですね」

と頷いて、明らかに茶葉を入れすぎた濃い目の茶を持ってきた。

「この度はすみません。親父が警察に連れていかれてパニックになっているときに、先ほど先生から頂いた名刺が目に入って、電話を差し上げました」

私は湯飲みに指をあて、手先を温めていた。濃すぎて飲めないお茶は、湯たんぽくらいの使い道しかない。

「その、警察に連れていかれたというのは？」

奥さんが口を動かそうとしたが、すぐにくしゃっと目を閉じて、口に両手をあてた。心配で感情が高ぶっているのだろう。

「大丈夫ですよ」

奥さんの背をさすった。

「あとで警察署に接見に行ってみましょう。弁護士が行けば、門前払いということはないはずです」

事情が分からないなりに、慰めの言葉を口にする。

「ほんの数十分前、午後二時頃です。警察官が事務室にやってきて、親父に、重要参考人として警察署に出頭するように言いました」

「逮捕状は？」

「逮捕状？」

耕太は目を丸くしている。

「何か紙を見せて、読み上げていましたか？」

質問を変えると、耕太は首を横に振った。

「いえ。出頭してくださいの一点張りで」

そうすると、正式に逮捕手続きが取られたわけではなく、任意出頭なのだろうと予想がついた。

「どの事件に関する出頭か、言っていましたか？」

「それが……」

耕太は言葉を濁した。

隣で社長の奥さんが呟いた。

「殺人です」低い声だ。

「なんとかっていう、アパレル会社の会議室で、只野愛子さんという方が亡くなったそうです。その捜査だと言っていました」

「只野さん？」

私は急に、ゴーラム商会の、あの三つ並んだ会議室を思い出した。

「ゴーラム商会って会社でした？」

「そういう感じの響きの社名でした」

奥さんの声は消え入りそうだ。

どういうことなのだろう。只野さんの事件と、社長が何か関係があるのだろうか。私は混乱してきた。

「僕たちが知っているのは、それだけです。親父は青い顔で、大人しく連れていかれました。ゴーラム商会なんて、僕ら、何の関わりもないというのに」

そこまで聞くと、居間は静まり返ってしまった。

所在なく居間を見渡すと、鴨居の上にいくつかの賞状が飾ってある。

見ると、耕太の名前で、「数学オリンピック　銅賞」と記載されている。なるほど耕太は理知的な顔をしていると思ったが、もともと理系少年だったのだろう。

「女ですよ」

奥さんがぼそっと言った。

「二週間くらい前ですが、電話でこそこそと話していました。内容は分からなかったんですが、相手は女の声でした」

「え、親父が?」耕太は顔を上げた。

「取引先ではないですか?」

私が訊ねると、

「材木業界って男ばっかりですよ。事務の女の子と話していたとすると、あまりに長電話です」

奥さんが低い声で答えた。

「で、その数日後ですかね。なんとか協会の会合があるとか言って、朝から都心に出かけていきました。今までそんな会合、出たことないんですがね。夕方には帰ってきましたが、出かける時に来ていた背広と、別の背広を着て帰ってきたんです。よく似ている柄でしたけど、別物の背広です。どこで買ったんだか。その後数日、落ち着かない様子でした」

「そんなこと、あったかなあ」

耕太は頭を掻いた。

これは間違いなく、鈍感な息子よりも奥さんのほうが信用できるだろう。

「とりあえず、私は警察署に行ってきます。警察からもっと詳しい話が訊けるかもしれないし、社長の身柄を解放するよう掛け合います」

そう言うと、私は鞄を引きよせて財布を取りだした。

日本弁護士連合会が発行している身分証明書が入っていることを確認する。私のような企業相手の弁護士は、弁護士バッジを持ち歩くことは少ない。名刺を出して「自称弁護士」を主張しても、信じてもらえないことがある。

「警察署まで送っていきますよ」

耕太が無邪気に言った。

「お母様を一人にするわけにはいかないので」

やんわり断ると、奥さんのほうに火がついて、

「私は大丈夫です」

と言い張った。

「いやしかし、こういう時は息子さんが傍に」

「私は大丈夫です」

例の意固地が発症したようだ。こうなると絶対譲らないのだろう。

私が折れて、大人しく送ってもらうことにした。

幸元社長がどの警察署に連れていかれたのかも不明だった。

しかしこういうのは、だいたい最寄りの警察署が動員されるものだろう。あてずっぽうに向かったが、ビンゴであった。

受付で幸元社長の弁護人であると名乗ると、

「幸元さんは事情聴取中です」

と返ってきた。

事件の詳細や、事情聴取の趣旨を訊いても、全く教えてくれない。事情聴取を即刻止めるよう要求してもダメだった。それならと、事情聴取を続けるのはいいが、弁護人を同席させてくれと要求する。これも通らない。

結局、「弁護人が来ている」ということを、事情聴取中の幸元社長に伝えることだけは了承させた。聴取を受ける者は得てして心細いものだ。自分を守る弁護人がすぐそばで待っているだけで、警察官の誘導に乗らず、気丈に対応できることもある。

「あと一時間は待ちますから、それまでに聴取を終えてください。ここで待っていますから」

と言って、これ見よがしに、受付前のソファ席に耕太とともに腰かけた。

ぐったり疲れていた。もともと荒事は苦手だ。こうやって、警察と押し合いをするだけでも、相当こたえる。

「美馬先生、結構グイグイいくんですね」

耕太がのんきな感想を述べた。誰の父親のために頑張っているのかと呆れた。が、ぐっとこら

えて、

「実は慣れていないんですが。お父様のためですので」

とだけ返しておいた。

それから二人は特にしゃべることもなかった。なんとなく、沈黙が気まずい。かといって、社長の聴取についてあれこれ話すのも無神経に思えた。

結局、今の状況とほとんど関係もなく、

「耕太さんは、会社ではどういう業務をされているんですか？」

と基本的なことを今更訊いた。

「主には事務方です。丸太の在庫管理とか、物流のスケジュールを調整したり。材木加工のほうは、すっかり職人たちに任せています」

社長の話によると、もともと在庫管理などを行っていた人材はリストラして、テトラ貴金属に引き取ってもらったということだった。社内で在庫管理を担当するものがいなくなり、それを後から入った耕太が引き受けたということだろう。

「家業を継ぐって、どういう感じですか？」

特に聞きたい情報があったわけではない。繋《つな》ぎの会話として、投げかけておく。男の人は仕事の苦労を語りたがるものだから、語ってもらって、時間を潰せばいいと思った。

耕太は意外と明るい調子で、

「社長業ができるかは分かりませんが、在庫管理とか物流とか、そういう裏方は案外向いていましたね。小さい頃から材木に囲まれて育ったからでしょうか。丸太をパッと見て、一本一本違いが分かるので。人の顔を覚えるのは苦手なんですけど」

と言って、えくぼを浮かべた。

家業にそれほどこだわりがなさそうなのに、意外に思えた。

「丸太の違い……ですか？」

「はい。同じブナだって一本一本、全然違います。もともとの個体差のうえに、何年物なのか、いつ伐採されて、どう乾燥されて、どう加工されたか、色々な要素がありますす」

私は勝手に脳内で、干し柿に置き換えて考えていた。確かに同じ干し柿でも、産地や時期によってだいぶ味が違う。

「ブナとヒノキの違いなんて、人間が勝手に作ったものですよ。ブナとヒノキの違いがN個あるとすると、一本のブナと他のブナの違いも同じくN個あるんです。これは数学的に証明されています」

「エヌ？」面食らって聞き返した。

「アルファベットのNです。任意の数っていうか……一定の数と考えてもらえば大丈夫です」

文系の私は、大学入試以来、十年間触れてこなかった言葉だ。

耕太は、私の戸惑いに気づいていないのか、あえて無視しているのか、

「醜いアヒルの子の定理《テーゼ》って、知っていますか?」

と訊いた。

「醜いアヒルの子、ですか?　あの童話の?」

アンデルセンの童話『みにくいアヒルの子』では、一羽だけ黒く生まれた雛《ひな》が周囲のアヒルたちから虐《いじ》められながら成長する。実は、その雛は白鳥だった。白鳥の群れに迎え入れられて幸せに暮らす、というストーリーだ。

いつの間にか知っていた童話だったが、その存在を思い出したのは小学校以来かもしれない。

丸太と関係のなさそうな話題に当惑しながらも、話の続きを待った。

「白鳥の子は、アヒルと見た目が異なっていたために虐められた。ですが、実は白鳥とアヒルの間に違いをN個見つけ出すとすると、アヒルAとアヒルBの間にも同じく違いをN個見つけられるのです。だから、似ているとか、違うとか、そういう概念はデタラメなんです。違いは同じだけある。人間の側で、どの違いを重視するかによって、同じグループにくくったり、区別したりしているんです」

耕太は、自分の胸ポケットから小さいメモ帳とペンを取り出し、数式を書き出した。色々と説明をしてくれているのだが、小難しくて全く頭に入ってこない。

「だから、『二つの物件の区別がつくような、しかし、有限個の述語が与えられたとき、その二つの物件の共有する述語の数は、その二つの物件の選び方によらず一定である』ということが言えるんです」

何を言っているのか、全然分からなかった。戸惑ってしまう。

時間を潰しているだけだから、別にどんな話をしてもらっても、構わないのだけど。だが、せっかく説明してくれているのに、「全然分かりません」と止めるのも悪い気がして、適当に相槌をうつ。

「もうちょっと分かりやすく言うと、『すべての二つの物件は、同じ度合いの類似性を持っている』ってことです。白鳥同士の類似性と、白鳥とアヒルの類似性と、アヒル同士の類似性は、どれも一緒なんです。しかも比較的簡単な、高校数学でこの定理は証明できる。別に僕が考え出したわけじゃなくて、研究者が言っていることを引用しているんだけど」

耕太は一気に話して、顔を上げた。私の表情をみて、まずいと思ったのだろう。

「ごめんなさい、話し過ぎましたね」

頭を下げる。

「いえ、とんでもない。お詳しいのですね」

他人に謝られるのは苦手だから、ついフォローを入れてしまう。

「自分では明るくない分野の話なので、新鮮でした」

と笑いかけた。

耕太は照れたように、細かく瞬きをしている。元の顔は二枚目なのに、顔の動かしかたがところどころカクカクしていて面白い。

「いやすみません。僕、もともと数学の研究室にいたのです」

居間に、数学オリンピックの賞状が飾られていたことを思いだした。

「実家がこういうことになって、家業に戻ってきました。アカデミアの道は別にもういいと割り切っているんですが、話し相手がいると、口をついて出てしまって。申し訳ない」

耕太は開いたメモ帳を乱暴に閉じると、胸ポケットに戻した。

そのあと、耕太は何もしゃべらなくなった。もともと、家業に入る前に何をしていたか尋ねた時も、答えをはぐらかした。自分では割り切っているといいながら、割り切れていないのだろう。その状態の辛さはなんとなく分かった。

四十分くらい待ったところで、社長は出てきた。ちょっとうつむいて、疲れている様子だ。

しかしソファ席に座っている私たちに目を留めると、

「美馬先生、ご足労をおかけしてすみません」

と言いながら愛想よく近づいてきた。さすが商売人である。

その直後、息子の耕太に視線を落とす。

「なんだ、お前も来ていたのか」

冷たい口調だ。警察に連行される姿を見られて、父親としてはメンツが立たないのかもしれない。

「別に、美馬先生を送ってきただけだよ」

耕太は社長と目も合わせず、警察署を出て行った。


社長の話は驚くべき内容だった。

ちょうど二週間前、只野さんから電話を受けたという。

ゴーラム商会に来てくれないか、と頼まれたそうだ。

「そもそも、社長は、只野さんと知り合いなのですか?」

炬燵を囲みながら、私は尋ねた。

「今だから言うけれど、卸のノフィを紹介してくれたのは、只野さんです」

「ええっ?」思わず声を上げた。

社長が「商社の方に紹介してもらった」と言ったとき、その「商社の方」は男性だと、私は勝手に思い込んでいた。理由も何もない、ただの思い込みだ。

「只野さんから、折り入って話したいことがあるから、ゴーラム商会に来て欲しいと頼まれたのです。ノフィとは最終的に色々ありましたが、只野さんにお世話になったのは事実です。あまりにしつこく頼んでくるので、分かりました、行きます、ということで、ゴーラム商会に伺ったのです」

「それはいつのことですか?」私は質問を挟んだ。

奥さんと、耕太は黙っている。予想外の事態に、言葉もないという状態だろう。

「十月十五日です」

剣持先生と私がゴーラム商会で近藤をヒアリングしていた日だ。

「経費削減で受付もなくしているので、四階の会議室に直接来てくださいとのことで。十時三十分だったかな、約束の時間に伺ったのですよ」

「四階の会議室、三つ並んでいたでしょう？」

私が訊くと、社長は首を傾げた。

「いくつ並んでいたかは覚えていませんが、フロアの中で、奥まったところにありましたね。そのうちの一番奥の部屋に行きました。その部屋に来るように言われていたので」

一番奥というと、只野さんが亡くなっていた部屋だ。

「入ったら誰もいなかったので、あれ、と思ったのですが、間もなく只野さんがやってきました。一通り挨拶をして、ノフィさんのことで、迷惑をかけたと謝っていました。そのあと、うちの会社の再生計画がどの程度進んでいるのかを聞かれましたね。只野さんの紹介がきっかけになっているから、気にしてくれていたのかな。だから私は、あと一年ほどでなんとか借金を返し切って、手続きを終了できそうですと正直にお答えしました」

「只野さんは？」

「それは良かったですね、という感じで、まあ普通のリアクションですね。気にされていた割に、反応が薄いなとは思いましたけど。社交辞令として聞いたのかな」

話しぶりはしっかりしているが、社長の顔色は少しずつ青くなっている。

「そもそもなぜ呼ばれたんだろうと思って、僕は不気味になってきましてね。いつまでも本題らしい話が始まらないので、率直に用件を訊いたのですよ」

私を含め三人が、前のめりになった。

「只野さん、大きな目でじっと僕を見て『私の姉を覚えていますか?』って言ったんです」

「只野さんの姉?」

週刊誌の情報によると、只野さんは早くに両親を亡くし、年の離れた姉のもとで育った。大学在学中に、その姉も亡くなっていたはずだ。

社長は頷いた。

「私は何のことかさっぱりで、『お姉さまとお会いしたことがありましたっけ?』と訊き返しました。すると、只野さんは急に立ち上がって、私にも立つように促しました。言われるがままに立ちます。もともと机を挟んで座っていたのですが、只野さんが、『こちらへ』と言うので、入り口近くまでいきました。机の手前で、二人、向き合う格好です」

そこで、社長は顔を上げた。

「いま考えると、どうして私はあのとき、只野さんの言いなりだったのでしょうかね。なんだか不気味で、抵抗しにくかったのかな」

聞いているこちらとしては、そんなことはどうでもいいから、先を話してくれと思った。

社長は咳《せき》ばらいをひとつすると、また話し始めた。

「とにかく、それで向かい合ったら、只野さんが、ジャケットの胸ポケットから折り畳み式のナイフを取り出したのです。とっさに、これは刺される、と思いました。どうして刺されるのか、全然分かりませんでしたけど。とにかく何らかの恨みを買って、刺されるんだと思いました。刺されたら死ぬかもしれない、なんて、当たり前のことを思いました。どうやったら急所を外せるかなと考えて、腹に正面から来られたらやばいかも、と一瞬のうちに思いました。そして、腹を両手で抱えたそのとき、只野さんが急にナイフを自分自身に向けて、自分の喉を掻っ切ったのです」

息を止めるような気持ちで聞いていた。少しでも気を緩めると、只野さんの遺体の様子を思い出してしまいそうだ。

「只野さんは、自分で、自分の喉を切ったということですか？」

社長は蒼白《そうはく》な顔で頷いた。

「普通、そんな恐ろしいことはしないでしょう。しかしあれは、私に返り血を浴びせるためだったのかもしれません。喉を切れば、一番血が出ますからね」

社長が「血」というたびに、具体的な血のイメージが浮かびそうになって、慌てて想像力に蓋をする。

「私もモロに血を浴びました。ちょうど胸元と、腕のあたりです。私はパニックになってしまって……。しばらくその場でオロオロしていました。どのくらいでしょう、数分間だとは思いますが。ふと我に返って、救急車を呼ばなくてはと思いましたが、只野さんはもう動かなくなっています。明らかにこと切れていました。それに、この状況で助けを呼ぶと僕が犯人だと思われるでしょう」

奥さんと耕太は、もうずっと一言も発していない。

ただ口をぽかんと開けたまま、社長の顔を見つめている。

身内が巻き込まれる事件としては、あまりに現実感がないからだろう。

「ただ、不幸中の幸いといいますか、脱いだコートは鞄と一緒に置いてありました。そっちには血が掛かっていない。慌てて僕は下着姿になって、コートを羽織りました。もちろん、靴下も靴も脱ぎます。脱いだものは無理やり鞄につめこんで、その場を逃げ出しました」

「床には血がたまっていたでしょう。血をつけずに出られるものですかね」

私は想像するのを堪えながら、尋ねた。

「只野さんの首元は、最初は、ぷしゅうっとスプレー状に血が飛び散ったのですが、少ししてからは血がじわじわと流れ出し、床に血だまりを作り始めていました。もっとも、その時はまだ、血だまりが床の一部にしか広がっていません。血がある部分は避けて、つま先立ちで部屋を出て、階段で一気に下までおりて、裏口から外に出ました。ちょうど近くに公園があったので、公園の水道で顔と首元を洗いました。平日の午前中で、公園に人がいなかったのも幸いでした。それから、ワイシャツの綺麗な部分で、靴についた血をぬぐいました。ズボンの膝下は綺麗だったので、とりあえずズボンをはいて、靴を履いて、上からコートを羽織りました。ボタンを全部とめて、襟を立ててしまえば、一応、そんなにおかしくありません。その足で紳士服店に入って、スーツとシャツ、靴一式を買いました。トイレで着替えて、古いほうの着衣は袋に入れて持ち帰り、石を詰めて、自宅近くの川に沈めました」

「なるほど……」

私はため息が漏れた。

社長は、行き当たりばったりではあるが、その場その場で比較的妥当な行動をとっている。

「そのあと、自宅に帰られたというわけですか？」

「ええ、帰った後、スーツが変わっているのを家族に気付かれるといけないので、さっさと自室に行って着替えて、買ったほうのスーツはこっそり捨てました。幸い、日中、家族は事務室のほうにいますから、自宅で遭遇することはなかったです」

社長は目を伏せた。奥さんと耕太に合わせる顔がないのだろう。

「あなた、服が変わっているのは、当然気づいていましたよ」

奥さんが言った。口を横にグッと引いて、怒っているような、憐《あわ》れんでいるような、微妙な表情を浮かべている。

「でも、外で女でも作って、その女の家に置いてきたのかと思って」

「会社がこんなときに、女なんか作ってる暇あるかよ」

何故か耕太が助け船を出した。

「私は勢いのまま、なんとか上手く逃げおおせたと思っていました。しかし、公園に露出狂がいる、といった通報が入っていたようなんですね。その通報と、ゴーラム商会の防犯カメラに、会社から逃げる映像が残っていたようです。それらが決め手となって、私が呼ばれたのです」

「露出狂って、あのときの……」口から言葉が漏れていた。

只野さんの遺体を見つけた後、刑事たちが「露出狂」と口走っていた。あれは逃走中の幸元社長の目撃情報だったのだろう。

大体の状況が分かってきた。

社長がゴーラム商会周辺で怪しい動きをしていたことまでは、今ある証拠で立証できそうだ。だが、使用された刃物に指紋がついているわけでもないし、「社長が只野さんを殺したこと」を立証する直接的な証拠はないはずだ。だからこそ逮捕状は出ずに、任意での事情聴取となったのだ。

「あの日のことが蘇《よみがえ》って、最近は眠れない夜が続きました。今朝がた、社長室で寝落ちしていたのは、そういう事情もあったのです」

見ると、社長の浅黒い顔には、はっきり隈が浮かんでいる。

「今の話を警察に？」

「ええ、正直に話しました。しかし、警察が信じているかは微妙です」

確かにそうだろう。自分で自分の首を切って死ぬ理由が分からない。只野さんの自殺した理由がはっきりしない限り、疑いの目は現場にいた社長に注がれ続けるだろう。

「私もよく分かりませんが、只野さんに私は恨まれていたのかなあ。それで私を殺人犯に仕立て上げるために、現場に呼び出したのだろうと思います」

「そうなんですかねえ」私は言葉を濁した。

恨んでいるのなら、その場で社長を刺すほうが素直だ。わざわざ自殺の返り血を浴びせかけて、殺人犯に仕立て上げるというのも迂遠な感じがする。

それに、社長が嘘をついていないとも限らない。只野さんから不都合なことを問い詰められて、その場でカッとなって殺したのかもしれない。只野さんとしては、自分の会社で、すぐ隣室に人がいる状況だから、身の危険なく話し合いができると思って、社長を首切り部屋に呼び出したのだろう。

話を聞いた印象では、社長が嘘をついているとは思えないが、可能性は捨てきれない。

「只野さんって、理江《りえ》ちゃんのことかしら」

ふいに、奥さんが口を挟んだ。

「理江ちゃん？　俺がやり取りをしていたのは、只野愛子さんという人だ」

社長が怪訝そうに言い返す。

「理江ちゃんのこと、覚えてないの?」

奥さんがじれったそうに言った。

「いつだったっけ。会社がまだ大きかった頃だから、十年以上前かしら。ええっと、あれは耕太が大学卒業の時だったから……十五年前ね。只野理江さんっていう契約社員がいたわよ。ちょうど一年働いたところで、会社で人員整理をして、退職したけれど。締まり屋のきちんとした子で、妹さんと二人暮らしだったわ」

奥さんは懐かしそうに、遠い目をしながら言った。

事務員については奥さんのほうが詳しいと、社長が話していたのを思い出す。

「理江さんの在職中に、何か恨みを買うようなことはありませんでしたか?」

「さあ、心当たりがありませんねえ。事務員の子たちとは、時間が合えば一緒に弁当を食べたりはしていましたが。それ以上に踏み込んだ付き合いはありませんでしたから」

奥さんが首を傾げる。

「理江ちゃんのことを覚えているのは、妹さんと二人暮らしと聞いて、作りすぎたおかずを持ち帰らせたりしていたからです。次の日にはきちんとタッパーを洗って返してくれて。本当に折り目正しい印象の子でした」

社長や耕太は奥さんの話を大人しく聞いていた。これまで事務員に対してほとんど関心がなかったのだろう。

「社長は、妹の只野愛子さんとお会いしていたのですよね。愛子さんを見て、姉の理江さんを思い出しませんでしたか？　姉妹だから、似ているのではないでしょうか」

と一応、社長に確認するが、社長は首を横に振るばかりだ。

「いや、私はねえ……若い子はみんな同じに見えるというか。特に女性はよく分かりません。何年も前に働いていた事務員さんだと、本人とすれ違っても気づかないかもしれないくらいで」

「只野理江さんと、近藤まりあさんの間に面識は？」

念のため訊ねると、

「近藤さんって、あの近藤さんかしら」

食いつくように奥さんが割り込んだ。

「派手な子だったから覚えているわよ。都心のほうから通っていて、持ち物も全部、ちょっとずつ良いものでねえ。お昼はいつもコンビニのおにぎりやサンドイッチで、お弁当を持ってくるところなんて、見たことがなかったわ……」

奥さんの語る近藤像は、ゴーラム商会での評判とも一致している。

「理江ちゃんと近藤さんは、在職期間は被っていないわよ。面識はなかったんじゃないかな」
二、三、追加で質問をしてみるも、これといった情報は出てこなかった。
「先生、これから私はどうなるんでしょう」

幸元社長が、肩を落としながら言った。社長は依然として、最有力の被疑者だ。一旦、身柄は釈放されたものの、今後も事情聴取は続くだろう。

刑事弁護に詳しくない私には、荷が重い事件だった。刑事には刑事に強い弁護士を頼んだほうがいい。私が中途半端に手を出すと、足を引っ張る可能性もある。

「社長、刑事弁護に強い知り合いの弁護士を紹介しますから、彼に相談してみてください」

そう言って、私は連絡先を書いて渡した。

ゼミの先輩で、刑事弁護を中心に担当する事務所に勤務している渋野《しぶの》という弁護士だ。

「この弁護士には、私から事前に連絡を入れておきますので」

その日、幸元家を後にするときには、神か仏かというような扱いを受けた。今後の見通しがついたことで、心が少しだけ軽くなったのだろう。奥さんは、野菜やフルーツを色々と袋に詰めて、渡してくれた。

「また、いつでも来てください」

頭を下げた耕太と、駅前で別れた。

帰り道の電車に揺られながら、ふと、耕太が話していた『醜いアヒルの子の定理』を思い出した。よく考えると、不思議な話だ。

理屈はよく分からなかったが、AとBの似ているところをN個あげるとすると、BとCの似ているところが同じだけ見つかるらしい。つまり、すべての二つの物は、同じだけ似ているし、同じだけ違うということになる。

人間も同じだろうか。

私は只野さんや姉の理江さんにシンパシーを感じる。他方で、近藤とは考え方や生活様式がかなり異なりそうだ。だが、耕太の話によると、私と近藤の違いと同じだけ、私と只野さんは違う。自分が近藤より只野さんに近いというのは錯覚なのだ。

そんなことを考えていると、頭がぐるぐると混乱してきた。ぼんやりしたり、うたた寝をしたりしながら、二時間近くかけて事務所に帰ってきた。

長い一日だった。

3

剣持先生と古川君から、他の二社について調査報告書が上がってきたのは、三日後、十月二十九日金曜日の朝だった。

私はちょうど、シマばあちゃんの面会のために病院へ向かうバスの中だった。

私からもあらかじめ、マルサチ木材で見聞きしたことを報告書にまとめて、二人にも共有している。二人もそれぞれの案件で外出しているから、夜に事務所で落ち合って、照らし合わせをしようということになっていた。

携帯電話で二人からのメールを読み、添付されている報告書を開く。

まずは古川君の小野山メタルだ。


【小野山メタル】

昭和五十二年創業。金物メーカーとして、鍋などの調理器具を百貨店に卸していた。バブル崩壊とともに、高級金物の売上は激減。契約社員や事務員を中心にリストラを行うも、経営は持ち直さない。

これまでは、量販店に商品を卸していなかった。量販店に卸すと、勝手に安売りセールにかけられたりすることがあり、ブランドコントロールが難しくなるからだ。しかし、百貨店での高級路線の販売が行き詰まるなか、現状を打開すべく、量販店への卸を開始する。

高級路線のブランディングを捨てることになったが、中価格帯の使い勝手のよい金物メーカーとしての地位を築くことになる。

ところが七年前、営業部員が勝手に値下げをして量販店に売りさばいていたことが発覚する。売上の帳尻を合わせるため、経理部員に指示をして不正会計を行わせていた。営業出身の社長による売上第一主義が原因であった。ノルマを達成できず、追い詰められた営業部員が不正に走ったのだ。

不正の発覚により、多くの販売店から契約を切られ、金融機関からも融資を止められ、破産に至る。

小野山メタルの強みは、金属の仕入部隊、調達部にあった。営業部の不正のあおりを受けて集団離職している。彼らの再就職先は、テトラ貴金属である。


私は、報告書の最終行を二度読んだ。

ここにも、テトラ貴金属が出てきている。偶然とは思えない。

急いで、剣持先生が送ってきた高砂フルーツの報告書にも目を通す。


【高砂フルーツ株式会社】

昭和四十三年創業。果物の加工販売業者として、堅実な経営を行っていた。主な取引先は生鮮食品を扱うスーパーマーケットだ。消費者への直販は行っていなかった。

時代が下るにつれて、個人経営のスーパーマーケットの多くは廃業か吸収合併された。次第に大規模スーパーマーケットが増加する。大規模スーパーマーケットは、自社ブランドの開発や、契約農家からの直接買い付けを行うようになる。結果として、高砂フルーツのような卸業者を使うことが減ってきた。

現状に危機感を覚えた高砂フルーツ三代目社長の高砂義宗《よしむね》氏（現在三十七歳）は、非正規労働者を中心にリストラを行うほか、自社で行っていた物流のアウトソーシング化、在庫管理のデジタル化など、様々な社内改革を実施した。

改革が功を奏し、その後、七、八年は経営が安定していた。

これを機に、高砂氏は事業を拡大することを決意し、フルーツの実店舗販売を行う新事業を立ち上げた。今から五年前のことである。高砂氏は、新事業のために山峰顕《やまみねあきら》（当時三十二歳）という男を連れてきた。

山峰は、石鹸《せっけん》販売の小売業で一時成功を収めたものの、破産を経験し、当時は無職であった。抜群のプレゼンテーション力があり、投資家や金融機関から資金を集めるのを得意とする。

山峰の舵取りで、高砂フルーツは過剰な融資と過剰な投資を繰り返すようになる。

プレゼンテーション力が高いがゆえに、本来借り入れが可能な額を超えて、金融機関から借入れを行うことが可能となっていた。もともと高砂フルーツは、ほとんど借入のない財務体質だったため、財務面に詳しい人材がおらず、山峰の暴走を止めることができなかったのも一因である。

こうして高砂フルーツは、新事業である実店舗販売のために莫大な借金を抱えることになる。新事業自体は黒字を記録していたが、借金を短期で返済できるほどの利ザヤはない。

そんななか、本業である果物の卸売事業の市場状況が悪化する。海外から仕入れていたフルーツの価格が上昇してきたことが原因であった。本来であれば、大規模な工場投資を行って、加工コストを削減することが求められる。だが、これまで信用枠いっぱいまで融資を受けていた高砂フルーツは、これ以上の融資を受けることができない。

次第に本業、新事業ともに赤字に転じ、借金を返済できなくなって、破産手続に入った。

なお破産後、高砂フルーツの流通部門の職員ら十数名は、テトラ貴金属に再就職している。


こちらにもテトラ貴金属が登場している。

やはりこれは偶然ではない。近藤が在籍していた四社ともに経営が悪化し、四社の事業や人員の一部がテトラ貴金属に吸収されている。

ゴーラム商会からは、プロモーションとマーケティングの部隊。マルサチ木材からは在庫管理部隊。高砂フルーツの流通部隊。小野山メタルの調達部隊。いずれもビジネスを脇で支える機能だ。扱う商材が貴金属に変わっても、転用可能なスキルだろう。

テトラ貴金属と近藤が協力関係にあるのだろうか。少なくとも、情報を融通するくらいのことはありそうだ。その情報料を受け取っているから、給与以上の暮らしができているのかもしれない。只野さんも協力者の一人か。

そこまで考えたところで、バスが病院についた。

いつも通りナースセンターに挨拶をしてから、シマばあちゃんの病室に行く。

普段なら、しゃきっと座ってテレビを見ているシマばあちゃんが、今日は横になっていた。

「おう、玉子ちゃんか」

私の姿に気づくと、シマばあちゃんは両手を使って身体を起こした。

「ばあちゃん、寝てていいよ」

声をかけるが、もう上半身を起こし終わった後だった。もともと華奢な身体だったが、入院してからさらに身体が薄くなった気がする。ほとんど骨と皮で筋張っている。私の腕でも持ち上げられそうだ。

「なあ、玉子ちゃん」

シマばあちゃんは神妙な顔で口を開いた。いつもならすぐに干し柿を要求するのに、今日は様子がおかしい。

「あたしは、長生きできんかもしれん」

鳶色の目をこちらに向けて、大真面目な顔で言った。

私は絶句した。シマばあちゃんはもう八十二歳だ。十分、長生きのうちだろう。

しかし、こんなに弱気になっているのも珍しい。

「何言ってるの。検査で見つかった血管の詰まりは、今度治してもらうんでしょ?」

シマばあちゃんは大人しく頷く。

「一番危ないってところは、アタリがついとる。けども細かいところをみると、色々とガタがきているみたいなんや」

確かに医師から同様の説明は受けていた。細かい血管全部を治すわけにもいかない。手術が多くなってしまって、高齢のシマばあちゃんの体力がもたないからだ。だから優先順位をつけて、特に危ないところを重点的に治療していく予定だ。

「細かい爆弾をいくつも抱えていて、それが爆発したら、あたしの命はもうない、ってわけよ」

シマばあちゃんは大げさに顔をゆがめた。瞳は潤み、悲劇のヒロインばりの表情を浮かべている。

私だって、シマばあちゃんに万一のことがあったら、と想像して、ゾッとすることもある。だが、いつ何があるか分からないという状況は、高齢者に関して言えば、みんな同じだ。シマばあちゃんみたいに、自分だけ殊更に悲劇的であるような言い方をされると、孫の私でも違和感を覚える。

「こんだけ生きたんやから、いつ死んでもいい。それはそう思うんだけど」

と言いつつ、ストックしてある干し柿を取り出して、かじりついた。現世への執着はまだまだありそうに見える。

「あたしが心配なのは、玉子ちゃんなんよ」

干し柿を持った手で私を指さす。

急に話が降ってきて、びっくりした。

もちろん小さいときはシマばあちゃんの世話になった。けれど私が高校に上がる頃からは、私がシマばあちゃんの面倒を見ていた。シマばあちゃんは家事も料理も苦手だ。性格も幼くて、頼りない。そんなシマばあちゃんに今更心配されても、と思った。

「玉子ちゃんは、意地を通すところがあるからなあ。こんな婆さんの世話も、意地になってやってきたんやろ。弁護士先生にまでなって……」

「別に意地でやってるわけじゃないよ」

反論するが、シマばあちゃんは、

「ほらあ。そういう物言いが、すでに意地っ張りなんよ」

と笑った。

そもそも私は、自分の行動を誰かにあれこれと分析されるのが嫌いだ。的外れなことが多いし、たいてい上から目線なのが気に入らない。

「色々あったけどな。ちょっとでも良い暮らしができるようにって、玉子ちゃんが頑張ってくれたなあ。あたしは十分、幸せな人生だったわ。あんたの作る干し柿は、じいさんや父さんの味とそっくりよ。完コピって言うらしいな、最近の言葉で。この前ダーリンが教えてくれたわ」

ほほほ、とシマばあちゃんは笑った。

なんだか不気味である。永遠に生きるような意気込みを見せていた人が、急に辞世の言葉を述べ始めている。

「ばあちゃん、どうしたの？　急に変なこと言って」

ばあちゃんは、血管の浮き出た白い手を、私の手の上に重ねた。

「えええ、なんなの」

私は身を引いたが、重ねた手を離すことは憚《はばか》られた。

「じいさんが、よく言っていたやろ。干し柿になるのは、そのままじゃ食べられない渋い柿。乾いた風にさらされて、うんと甘くなる。人生の前半で苦労したことは、決して無駄にはならんのよ」

かじりかけの干し柿を、私の目の前に突き出す。

外側は皺だらけなのに、断面は艶やかな飴色で、宝石みたいだ。外側ももっと綺麗だったら、冷風を耐えた渋柿も浮かばれるだろうに。

「だから玉子ちゃんも、もうそんなに頑張らんでいい。誰か頼れる人を作って、ゆっくり暮らせばいいんや。あんた、人に頼っているふうに見せて、全然心を許してないから、裏でぜーんぶ自分が回さないと気が済まんやろ。もう昔のことは綺麗さっぱり忘れなさい。仕事はほどほどに、良い人と結婚して、幸せな家庭を築いて、暮らすんや」

私は目を細めてシマばあちゃんを見つめた。

確かに老い先短くて、何か言いたい気分なのかもしれない。しかし、こんな訓辞を垂れられても困る。言われなくても分かっているのだ。自分のことだ。他人が思うより、しっかり考えている。

私だって良い人がいたら結婚したいし、そのための努力も惜しんでいない。いまは仕事が忙しいから、そのうちに企業内の法務部に転職をして、それで婚活をすればいい。その転職のタイミングがいつなのか、具体的には見えていないってだけだ。でも、実行しようと思えばいつでも実行できる。

一瞬、脳裏に築地のことが浮かんだ。たまに連絡が来る。最近は私の仕事が忙しくて、会う約束も延び延びになっていた。いつものパターンなら、このまま自然消滅してしまう。だが縁を保っておくことは、やろうと思えばできる。

「なあ、分かったか?」

シマばあちゃんが念押しをしてきた。

「分かってるって。もともと、ちゃんと考えているから」

「なら、ええんやけどな。あんたはいくらそうやって、ふわふわっと着飾ったって、芯の部分が意地っ張りやから。見抜く男には見抜かれるで」

ブリッコの先輩らしく、小言を垂れた。

その日は散々、自分はもう死ぬ、といった話を聞かされた。

それなのに私の帰り際になると、

「顔色がぱあっと明るくなるような、ピンクの口紅が欲しい」

と要求された。

売店で売っている色付きリップクリームでは、我慢ならないそうだ。

日曜にはまた来ると約束をした。だが仕事も詰まっていて、口紅を買いに行く時間もない。前

	近藤まりあ	テトラ貴金属
9年前	Aに入社	
7年前	A、破産申請。解雇 Bに入社	Aの調達部門を吸収
5年前	B、民事再生申立。解雇 Cに入社	Bの在庫管理部門を吸収
2年前	C、破産申請。解雇 Dに入社	Cの流通部門を吸収
現在	D、破産の危機	Dのプロモーション&マーケティング部門を吸収予定

に友達からもらって、まだ使っていない自分の口紅を横流しするか、と算段をつけながら、事務所に戻った。

　その日の夜、剣持先生、古川君と私は、会議室で顔を突き合わせていた。

「小野山メタル、マルサチ木材、高砂フルーツの順に、倒産している。いずれも近藤まりあが入社してから、二、三年のことね。そして今、新しい就職先のゴーラム商会も倒産の危機。分かりづらいから、近藤の入社順に、ABCDと会社名を記載しておくわ」

　時系列を整理したホワイトボードを見ながら、剣持先生が腕を組んだ。

「小野山メタル（A）の調達部門、マルサチ木材（B）の在庫管理部門、高砂フルーツ（C）の流通部門がそれぞれ、テトラ貴金属に吸収されている。ゴーラム商会（D）のプロモーションとマーケティングの部門も吸収予定。近藤の入退社を追いかけるように、会社の経営が傾き、テトラ貴金属が事業を吸収しているわ」

剣持先生は、ホワイトボードに「テトラ貴金属」と書き足した。

私はホワイトボードを見ながら、口を開いた。

「近藤が、テトラ貴金属と組んで、情報を横流ししたり、社内をかき回すアシストをしているんじゃないでしょうか。その報酬を受け取っているから、実際の給与以上の暮らしができているのかもしれません」

マルサチ木材の倒産に、近藤が関与していたことは、二人にも共有してあった。

古川君が首を傾げた。

「それなんだけどなあ。一社目の小野山メタルでは、近藤はどちらかというと、巻き込まれた側なんだよ。社長が課した厳しいノルマに耐えられなくなって、営業部員が不正に走る。その不正をごまかすために、経理課に頼み込んで、決算を改ざんしたらしい。近藤は、経理部の一員として改ざん作業の一部を担当してはいる。けれども、近藤側からの働きかけは特にないようだった。これは、当時の営業部長と、経理課長それぞれに聞いて、確かめてある」

「高砂フルーツだと、もっと無関係だわ」

剣持先生が口を挟んだ。

「社長が勝手に社外の人を連れてきて、新事業ぶち上げて、それで失敗したんだから。近藤は、ただ普通に決算を締めていただけ」

「その社外の方と社長はどうやって知り合ったんですか？」

マルサチ木材では、紹介の一端に近藤がいた。高砂フルーツでも同様かもしれないと思って訊いた。

「経営者同士の交流会らしいよ。新事業のために高砂社長が引っ張ってきた男、山峰っていうんだけど。この山峰本人から聞いたから間違いない。そもそも山峰は、自分で作った会社を一社潰した後で無職だったから、本来は経営者同士の交流会に呼ばれるはずもないのだけど。何度も自宅にＤＭが来るから、一度参加したらしいの。そのとき、会場にいた高砂社長と意気投合したそうよ」

「ＤＭが送られていたのも変ですけど」古川君が口を挟んだ。

「会場で、二人が意気投合したのは偶然なんですかね？」

「山峰が言うには、会場で誰かしらが高砂社長を紹介してくれたようだけど、背の高い男だったことしか覚えていないらしい」

「うーん」

私は、机の上の三通の報告書を見比べた。

三社の間で共通点を探す。小売業、卸業という点は共通している。いずれも百人から数百人程度の中規模のオーナー企業だ。だが、扱う商材はバラバラだし、倒産理由もそれぞれ異なる。

ふと、幸元耕太が話していた「醜いアヒルの子の定理」を思い出した。

――似ているとか、違うとか、そういう概念はデタラメなんです。違いは同じだけある。人間の側で、どの違いを重視するかによって、同じグループにくくったり、区別したりしているんです。

耕太はそう語っていた。

三社、ゴーラム商会を入れると四社の類似点。自分は何かを見落としていそうだ。目を皿にして、報告書やホワイトボードを見返すも、思いつかない。

四社の最大の共通点は、近藤まりあが勤務していたということ、いずれも経営困難に陥っていることだ。だが、近藤の関与が疑われるのはマルサチ木材とゴーラム商会だけである。

「そもそも、マルサチ木材の件には、只野さんも関係していたのよね？」

剣持先生が身を乗り出した。

「そうです。只野さんの姉が絡んでいるようですが、事情はよく分かりません。マルサチ木材の社長も、只野さんの事件の重要参考人として、連日取り調べを受けているようです」

新聞に小さな記事が出ているが、ワイドショーや夕方のニュースでは報道されていない。その程度の扱いでも、地元では騒ぎになっているかもしれない。

剣持先生は、腕を組んだまま会議室を歩き回り始めた。

「そもそも只野さんって、お姉さんがいたんだっけ？」

と言いながら、只野さんの死亡事件を扱った週刊誌を手繰り寄せ、ページをめくる。

「被害者の只野愛子（三十五歳）は、中学生のときに両親を亡くし、年の離れた姉・理江のもとで育った。しかし大学在学中に、唯一の肉親であった理江も亡くしてしまう。その後、姉・理江が勤めていた金物メーカーに就職し、商社勤務を経て、ゴーラム商会に転職する。彼女を知る人は皆、口をそろえて、『働き者で、倹約家。良い人だった』という……」

剣持先生は小声でそこまで読み上げ、急に動きを止めた。視線を誌面に注いでいる。

「どうしたんですか？」私は立ち上がって、誌面を覗き込んだ。

剣持先生は誌面の一部分を指さした。

「金物メーカーに就職したって」

そう言って、剣持先生は古川君のほうを見た。

「これ、小野山メタルじゃないの？」

目尻を吊り上げ、語調も強い。重要な点をなぜ見落としていたのか、責める口調だ。

確かに、小野山メタルも金物メーカーである。

もし只野さんが小野山メタルにいたとすると、只野さんと近藤はゴーラム商会で同僚となる前にも、一緒に働いていたことになる。只野さんも近藤も、ヒアリングでそのような素振りは全く見せていなかった。

古川君は肩をすくめて、

「今すぐに小野山メタルに確認しますから」

と携帯電話を手にして、立ち上がった。

「履歴書はもう破棄されているかもしれないけど。人事情報として在籍歴は残っているんじゃないかしら」

会議室を出て行く古川君の背中を見送りながら、私は素直な疑問を口にした。

「そもそも、会社を故意に倒産に追い込むなんて、できるんでしょうか」

剣持先生は、考え込むように腕を組み、

「さあ。普通は難しいと思うけど。それに、会社潰しが可能だとしても、この四社が狙われた理由が分からないわ」

と首を傾げた。

「そういえば、美馬先生がマルサチ木材を訪ねているとき、ゴーラム商会の安西さんから電話があったのよ」

安西と聞いて一瞬誰だか分からなかったが、

「ほら、コンプライアンス部門の役員の、安西さん」

と剣持先生が補足した。

ゴーラム商会の内部通報があった時、初めに連絡を取った役員だ。

「只野さんの件をきっかけに、ゴーラム商会の悪評がどんどん広がって、取引先数社から現金決済を求められたそうよ」

現金決済を求めるというのは、相手方の支払い能力に疑問をもっているということだ。会社からどんどん現金が流出して、資金繰りが厳しくなるのは目に見えていた。哀田先生が頑張ってくれているけど、ゴーラム商会はもう長くは持たないかもしれない。

「近藤は相変わらず、いつも通り仕事をしているみたいだけど。安西さんは相当追い込まれた様子だった」

安西は剣持先生相手にまくし立てたらしい。

『弊社は嵌《は》められたのですか。弊社を潰して、何になるというのです。うちはただ、真面目に服を作って、売っているだけです。恨みを買った覚えなどありません。いったい誰の仕業なのですか』

その時のことを話しながら、剣持先生は苦笑した。

「恨みを買った覚えはないと言われてもねえ。人間相手ならまだしも、会社相手に恨んだり、殺したりってのは変よねえ。だから怨恨というよりは、何か経済的な力が働いているのではないかと思うのだけど……」

私も同意の旨を伝えようとしたところ、

「只野さん、いました」

と古川君が興奮気味に、会議室に戻ってきた。

「只野愛子は大学卒業後、小野山メタルに就職しています。新卒で就職しているので、今から十三年前です。小野山メタルが倒産するまで六年間、勤務していたようです。週刊誌の報道通り、姉の理江も小野山メタルで働いていました。妹の愛子が入社する二年前には、姉・理江の勤務は終了しています。契約社員だったため、契約期間満了での退社ですね」

剣持先生と私は顔を見合わせた。

「つまり、こういうこと？」

剣持先生は立ち上がり、ホワイトボードに文字を書き足す。

「左の列から順に見ていくわよ。姉の只野理江さんは、十五年前に小野山メタル（A）を退社。マルサチ木材（B）に入社している。一年間働いて、マルサチ木材（B）を退社。その後、理江さんは死亡した。正確な年代は不詳だけど、おそらく、十四年くらい前と思われる」

理江さんがマルサチ木材に勤めていたのは、十五年前から十四年前までの一年間だ。これはマルサチ木材の社長夫人の証言による。

理江さんの正確な死亡年月日は分からない。妹の只野愛子さんが大学生のときに死亡したという。只野愛子さんが今年三十五歳なので、姉の理江さんの死亡は十三年から十四年ほど前だろうと推測された。

「左から二列目、妹の只野愛子さんは、十三年前に小野山メタル（A）に入社。その四年後には

	只野理江（姉）	只野愛子（妹）	近藤まりあ
15年前	Aを退社 Bに入社		
14年前	Bを退社 死亡		
13年前		Aに入社	
9年前			Aに入社
		（二人は同時期にAで勤務）	
7年前		A、破産申立。解雇	
		商社に入社	Bに入社
5年前			B、民事再生申立。解雇 Cに入社
3年前		Dに入社	
2年前			C、破産申立。解雇　Dに入社
		（二人は再び同僚として勤務）	
現在		D、破産の危機	

近藤も入社している。同僚として働いていた。二人はここで知り合ったのね」

「小野山メタル（A）の倒産に伴い、二人はそれぞれ別の会社に転職する。只野さんは商社に、近藤はマルサチ木材（B）にそれぞれ入社した」

ホワイトボードを指さしながら、剣持先生が説明した。

「近藤が、マルサチ木材（B）、高砂フルーツ（C）と渡り歩く間、只野さんは商社に勤め続けている。只野さんが商社からゴーラム商会（D）に転職したのが三年前。その一年後に近藤もゴーラム商会（D）に転職。近藤と只野さんは五年ぶりに、再び一緒に働くことになった」

「でも、近藤は、只野さんと昔から面識があったことは伏せていましたね」

私が口を挟むと、剣持先生が頷いた。

「ヒアリングの時はそうだったわね。どうして隠すのか、何か事情があるのかもしれない」

「只野さんも協力者の一人ってことでしょうか」

「さあ。でも、無関係ではなさそうね」

幼少期に両親を亡くした只野さんに、自分を重ねていた。あんな無残な死に方をした以上、幸せな一生だったとは言いにくい。せめて清く正しく生きた「犠牲者」であってほしいと、勝手に願っていた。

近藤まりあもそうだ。目立ちたがりで、軽薄な人間かもしれない。けれども、彼女なりに幸せを手に入れようともがいている。その幸せが、どんなに中身がないものだったとしても。

「剣持先生、高砂フルーツと只野さんの関わり、もう一度洗ってもらえますか。四社のうち二社には只野さんも勤務している。勤務していない二社のうちマルサチ木材には、人の紹介という形で関わっています。ノフィという男を紹介し、ノフィとの取引が倒産の引き金となりました。今のところ、残る一社、高砂フルーツでは只野さんとの関わりが見えません。ですが、調べたら、何か出てくるかもしれません」

只野さんや近藤の正体を確かめたい気持ちが湧いていた。

「分かったわ。それじゃ、私は――」

剣持先生が話し始めたとき、私のジャケットのポケットの中で携帯電話が鳴った。

見ると、病院からである。

「すみません」

と断って、会議室の外に出る。

「美馬さんのお電話でよろしいですか？　当院にご入院されている美馬シマさんですが、先ほど、心停止が確認されました。つきましては――」

それ以上先の話は、頭に入ってこなかった。

急に頭を殴られたような感じがした。

「祖母がですか？」聞き返す声が震えている。

「はい、先ほど、心筋梗塞の発作が起こりまして、すぐに緊急処置室で処置をしたのですが、力及ばず……」

詰まると危ない血管を複数抱えていた。だからいつ、こういうことが起きてもおかしくはなかった。

それでもあまりに急だ。今朝がた言葉を交わしたばかりなのに。

目の前にあるキャビネットや、人のいない秘書席が、妙にはっきり見えた。リアルすぎると、逆にリアリティがない。自分だけ、この世界から浮いた存在に思えた。

キャビネットの上にお菓子の箱が置いてある。クライアントからもらったものだろう。シマばあちゃんが好きそうな、こし餡《あん》のお菓子だ。持って帰れば喜んで食べただろう。お菓子くらい好きなだけ買えるのだから、もっとこまめに買ってやればよかったのかもしれない。そうはいっても、もう遅い。

シマばあちゃんが死んだ。

やせ細った身体を思い出した。あの身体はもう動かない。

いつかこういう日が来ることは分かっていた。けれども頭のどこかで、シマばあちゃんはずっと生きているような気がしていた。だって私が生まれた時から今まで、シマばあちゃんはずっと生きていたから。

シマばあちゃんと最後に交わした言葉を思い出そうとした。確かにシマばあちゃんは弱気だった。帰り際、最後に言ったこと、聞いたことは何だっただろう。思い返してみても、思い出せない。

私はついに、独りぼっちになってしまった。

きっと絶望するだろうと思っていた。だが込み上げてきたのは、妙な爽快感だった。ハハハハ、と、乾いた笑いが口から洩《も》れた。祖母が死んで解放感を抱いている。私は利己的な人間だろうか。もうご飯の作り置きはしなくていい。差し入れもいらない。高級老人ホームのための貯金もいらない。となると、今のようなハードな仕事を続ける理由もない。私の足元に根付いていた何かから解き放たれて、生まれ変わったような気分だ。

渋柿は乾いた風にさらされて、うんと甘くなる。だから人生の前半で苦労したことは無駄じゃないのだ、と。シマばあちゃんはそう言っていた。これまでの私は、乾いた風にさらされた渋柿だったというのか。これからはそんな苦労、する必要ないのか。

心のどこかでシマばあちゃんを負担に感じていた自分がいた。シマばあちゃんがいるから稼がないといけない。他の女の子と同じようにはなれない。そう諦めていたほうが楽だった。けれどもこれからは、もう頑張らなくていい。

しかし、干し柿は。毎年作り続けていた干し柿は。

干し柿を作っても、食べてくれる人は誰もいないのかと思うと、急に涙があふれた。

「ちょっと、大丈夫？」

剣持先生の声だ。私の戻りが遅いのを不審に思って、様子を見に来たのだろう。

「美馬先生？　どうしたのよ？」

足元から力が抜けて崩れそうになっている私を、剣持先生は片手で支えた。私の目の前に剣持先生の首元がきた。香水のいい匂いがした。

「祖母が、亡くなりました」

あとからあとから、涙が出てきた。

第四章　トラの尻尾

1

親戚は私しかいない。通夜はしなかった。

亡くなった日の翌々日、十月三十一日日曜日には、告別式だけ執り行った。

社交的で友達の多い人だった。小さな斎場はお友達の老人だらけになった。みんな葬式慣れしている。賑やかに思い出話をしながら、テキパキと参列を済ませた。

死に化粧には、シマばあちゃんが欲しいと言っていたピンクの口紅を差してやった。

口紅くらい、ちゃんと買えばよかった。さっさと買って生きているうちに渡してやればよかった。


昨日は事務所で散々泣いたのに、いざ本人の遺体を目の前にすると涙が出ないのは不思議だ。

霊柩車《れいきゅうしゃ》に乗って火葬場につくと、一台のタクシーが先に止まっていた。おや、と思ってみていると、ちょうどドアが開いて高齢の男性が出てきた。

霊柩車を降りた私に、男性は近づいてきて一礼する。

「葬儀に間に合わなかったのですが、せめて見送りをさせてください」

男性は名刺を差し出した。

「申し遅れました。私、赤坂というもので」

私は名刺をほとんど見ることもなく、受け取るとすぐに喪服の胸ポケットに入れた。

「シマさんと婚約していた者です」

そう言って、どこか恥ずかしそうに笑った。

私は赤坂の顔をまじまじと見た。七十歳前後だと思われる。鼻筋が通っているし、すっきりとした顔をしている。シマばあちゃんが言っていたイケメンじいさんというのは、この人のことだろう。

「生前は、祖母がお世話になりました」

と、私も通り一遍の挨拶をした。

赤坂は私の顔色をうかがいながら、

「もし可能でしたら、火葬までの見送りを一緒にさせて頂いても宜しいでしょうか」

と控えめに訊いた。

初対面の老人、しかも祖母の交際相手と一緒に遺体を見送る状況には、正直、戸惑っていた。だが、赤坂の申し出を断る理由もない。

結局、私たちは一緒にお経を聞き、棺桶が焼き場に入っていくところまで見送った。

火葬が終わるのを待つために、火葬場の待合ロビーへ向かうと、赤坂もついてきた。

骨まで一緒に拾うつもりなのかと驚いていると、

「私はもう、お暇《いとま》します」

とのことである。

それなのに、赤坂は私の正面の席に掛けた。

「こんなときに声をおかけするのも、無遠慮かと思いますが。シマさんのお孫さんに会えて、嬉しいです。私は避けられていたようでしたから」

赤坂は自分の膝を見ながら、言った。

「避けていたわけでは……」言葉を濁す。

「いいんです。こんな歳で再婚となると、ご家族が微妙な気持ちになるのも当たり前です。シマさんはよく、玉子さんのことを自慢していましたよ」

赤坂は目を細めた。

「なんでも自慢したがる婆さんでしたから」

一瞬、間が空いた。

「お伺いしたいことがあります」

赤坂は、改まった調子で口を開いた。

「お嫌でしたら答えなくて結構です。こんなときにすみません。しかし今お伺いしないと、今後お伺いできる機会は一生訪れないような気がしています」

赤坂の視線を感じながら、私は漠然とコーヒーテーブルを見て、視線を合わせないようにしていた。

「シマさんは、十数年前に東京に来たとおっしゃっていました。東京に来るまで、どこで何をされていたのでしょう？」

その点を聞かれるだろうと、察しがついていた。

「どうしても、シマさんは教えてくれなかったのです」

「祖母が教えたくないなら、赤坂さんは知らないほうがいいんじゃないですか」

普段の自分からは考えられないくらい、冷たい口調で言った。

「最初はそう考えました。しかし――」

赤坂は言葉を詰まらせた。目を見開いて、涙をこらえているように見える。

「私はずっと仕事人間でした。仕事ばかりの私に妻は愛想を尽かし、息子を連れて出て行きました。もう三十年以上前のことです。それからというもの、私はさらに仕事に没頭しました。せめて仕事で成果を残さないと、元が取れないような気がしていたのです。ですが、年老いるにつれて物悲しくなってきました。仕事、仕事とやってきた。けれども、私の仕事に一体どれだけの意味があったのだろう。急に自分の人生がすっからかんになったような気分でした。そんなときに出会ったのがシマさんです。シマさんと出会い、共に歩むために、これまで遠回りしてきたのだと思うようになりました。シマさんと過ごす時間は、私のこれからの生きがいだったのです」

赤坂の声は震えていた。

「こういうふうに思わぬ形で、早すぎる別れがくると、心の整理がつかないんです。せめて、シマさんの人生が幸福なものだったら、安心できるのですが。私は、シマさんについて、何も知らないから」

私も只野さんに対して、同じようなことを考えた覚えがある。

何も背景が分からないまま命が奪われると、見ている側は啞然《あぜん》としてしまうのだ。

だが、今考えると、そんなのは傍観者の身勝手だ。当事者からすると、他人に理解してもらいたいとは考えないだろう。

赤坂は、コーヒーテーブルに手をついて、

「この通りです」

と頭を下げた。

「教えていただけませんか」

その姿勢から微動だにしない。私もたまに使う手だ。こうやって頭を下げることで相手に気まずい思いをさせて、自分の要求を通すのだ。

「話すつもりはありません」

私はきっぱり断った。

赤坂は、すっと顔を上げた。諦めてくれるのかと思った。

ところが、今度は椅子の脇の床に座り込み、頭を下げた。いわゆる土下座だ。老体で土下座するのはどんな気持ちなのだろう。

「この通り、お願いします」

頭を床に擦り付ける赤坂を見て、不憫《ふびん》を通り越して、滑稽に思えてきた。

「勘弁してください。そういうことをされると、困ります」

冷たく言った。火葬場の職員がこの状況をみると不審に思うだろう。

赤坂は観念したように頭を上げた。

「申し訳ない。困らせてしまいましたね。ただでさえ、心労のひどいときに……。困ったときは、訪ねてきてください。シマさんに大したことをできなかったぶん、私にできることなら、力になりますよ」

そう言うと、赤坂は火葬場を出て行った。赤坂のゆっくりとした足取りに、年相応の老いを感じた。辺りは静かで、大理石の床と赤坂の靴底が擦れる音がしばらく聞こえていた。私は赤坂の背を見送ることもなく、その足音に耳を傾けていた。

ゴーラム商会の倒産が確実になったという連絡が入ったのは、翌週の月曜日、十一月一日のことだ。

無理をしなくていいと止められたものの、私はいつも通り仕事に復帰していた。家に一人でいても気が滅入るだけだ。

三人で手分けして調べた調査内容を報告すると、津々井先生は、

「やはり、テトラ貴金属は怪しいですね」

とため息をついた。

「哀田先生にこの話を共有します。しかしきっと、ゴーラム商会からテトラ貴金属への事業譲渡は、予定通り行われるでしょう。死因が何であれ、死んだ会社は生き返りません。手元に残った臓器をせめて活用しようと考えるのが、倒産弁護士の思考です」

「そうすると……内部通報への回答は、もう不要ということですか？」

剣持先生が訊いた。

「そうなりますね。もう会社がなくなりますから、今更社内の不正を調べても、どうしようもありません。この点は、役員の安西さんからも承諾を得ました」

もちろん、社員の不正行為によって会社が潰れた場合、株主が社員に対して責任追及をする可能性はある。だが、役員を訴えることはあっても、一般社員を訴えることは稀《まれ》だ。改めて正式に依頼がない限り、これ以上調べる必要はなさそうだ。

剣持先生は、不服そうな顔をしている。

「ゴーラム商会を助ける手立てはなかったのですか？　どうして急に、倒産が決まったのです？」

「たらればを言っても、仕方ないのですが……」

「先日の、只野さんの死亡事件が原因ですか？」

思わぬ方向の質問が、剣持先生から出た。

「そういうことです」

津々井先生は観念したように頷いた。

「実は、テトラ貴金属への売却で、一時的に預金残高は潤い、いくらかの延命の余地がありました。このままひょっとしたら、再建の道がありえたかもしれません。しかし、そのタイミングで、事件は起こりました」

津々井先生は、残念そうに目を伏せた。

「首切り部屋で、首を切った死体が見つかった。社内では、会社のリストラ施策への抗議だったのではないかという噂が広がりました。そういった噂は必ず社外にも漏れます。いかに厳しくリストラが敢行されていたか、会社の経営がいかに危ないか。話はどんどん膨らんで、ゴーラム商会は倒産目前ではないか、とまで噂されるようになります」

実際に倒産寸前であったのだから、噂とはいえ、結果として正しい推測だったというわけだ。

「取引先数社が現金決済を求めてきたという話は聞いていますね。現金決済を求める取引先が徐々に増えてきました。ゴーラム商会に、それらすべての現金決済に対応する体力はありません。金融機関も融資を断りました。その結果、十月末に支払うべきお金が、支払えなかったのです。さきほど、銀行から取引を停止されてしまいました」

ため息がでた。

銀行から取引を停止されると、事実上、事業を続けていけなくなる。

いわば、もう心臓が止まった状態だ。

その後も剣持先生は色々と反論を試みていたが、結局、ゴーラム商会の倒産は確実、私たちが追ってきた内部通報案件は終了、ということは動かなかった。

相当時間をかけて追ってきたというのに、あっけない終わりかただ。

私は脱力していた。剣持先生は怒っているように見えた。只野さんの遺体を発見したときの仏頂面と同じ顔をしている。

古川君はパンと手を叩いて、

「せっかく案件が終わったのだから、慰労会をしましょう」

と能天気な提案をしてきた。

「こんなにゴチャゴチャ調べものをして、大変だったよなあ。旨《うま》いもの食って、自分を労《ねぎら》わないとやってらんないすよ」

古川君なりに気を遣っているのだろうか。だが彼は致命的に空気が読めない。単純にお腹が減っているだけかもしれない。

とにかく私たちは連れ立って、近くのカフェでランチをすることにした。

食事中も剣持先生は不機嫌で一言も話さない。古川君は、いつも通り美味しそうに大盛りの日替わりプレートを食べている。

「あーやっぱり、案件が終わった後のメシはうまいっすね。本当ならビールも飲みたいけど、さすがに担当秘書に怒られそうだし……。いや、一杯くらいなら、ぶっちゃけバレないかな」

「さすがに昼からビールはないでしょ」

適当に返しながらパスタを口に運んだ。私はもともと食べるのが遅い。剣持先生や古川君は普段から早食いだから、二人に遅れまいと食べるだけでも疲れてしまう。

「ねえ、結局さ」

早々に食べ終わった剣持先生が口を開いた。

「近藤まりあを通報したのは誰だったんだろうね？」

頭の後ろで腕を組んで、斜め上を見上げている。

「ええっ、誰でもいいんじゃないですか。別に」

古川君がライスのお代わりを受け取りながら言った。

剣持先生は古川君に構わず、話を続けた。

「近藤を嫌っていた同僚の嫌がらせってのが一番ありそう。だけど、嫌がらせの通報をするにしても、もっと分かりやすい内容の通報をしたほうがいいでしょ。彼女の仕事ぶりが悪いとか、後輩にパワハラをしているとか。会社を倒産させようとしているなんてさ、そんな突拍子もない通報で近藤が処罰されることって、考えにくいじゃない。常識的に」

剣持先生が常識を語るのも妙だけど、言っていることはその通りだ。

内部通報は匿名での通報が認められている。通報内容の真偽は確認するが、よほど悪質な通報でない限り、通報者を特定することはない。ただ今回は死人も出て、川村先生も受傷している。事件の解決の糸口になるなら、通報者の特定も許されるかもしれない。

「でも通報者って、調べようがありませんよね？　匿名処理されているわけですし」

私は口を挟んだ。剣持先生は頷いたが、意外にも古川君が、

「そんなことないよ」

と割り込んできた。

「電子メールのデータソースを見れば、発信元のメールアドレスは特定できるし。ゴーラム商会の業務用メールアドレスを使用しているなら、すぐに通報者は特定できる。プライベートのアドレスを使っていたとしても、会社に緊急連絡先としてプライベートのアドレスを登録していることが多いだろ。そのアドレスと照合すれば通報者は割り出せるかもしれない。もっと調べれば、さらに詳しいことも分かるはずだけど……」

剣持先生が口をあんぐり開けて、古川君の顔を見つめていた。

「古川君、詳しいじゃない。どうしたの、急に賢くなって」

「急に賢くって何ですか。もともと出来る男ですよ、僕は」

古川君が呆れたように笑った。

「大学は情報系の学部でしたもん。元々システムエンジニアになるつもりでしたし」

「ええっ、そうなの？」

「そうですよ。でも部活ばっかりしてたら情報系の大学院試験に落ちちゃって。テキトーに受けた法科大学院に受かったんで、そのまま弁護士になりましたけど」

古川君の来歴は知っていたから驚かない。剣持先生は初耳だったらしい。しきりに感心したように頷いている。

「それじゃ、ちょっと、通報者を調べてちょうだいよ」

剣持先生は軽い調子で言ったが、古川君は首を横に振った。

「ええ……嫌ですよ。もう潰れる会社のことですし、調べたってねえ。だいたい剣持先生は自分じゃ動かないくせに、人には気軽に指示を出すんだから」

古川君はぶつぶつと文句を言い始めた。いつも剣持先生にこき使われているから、不満が溜まっていても仕方ない。

その間、私は慌てて食べ進めていた。二人を待たせるのも悪い。もう少しで食べ終わるというところで、携帯電話が鳴った。

着信欄には「渋野」と表示されている。幸元社長に紹介した弁護士である。

あとからコールバックしてもよいのだが、他の二人を見ると、何か言い争いをしているようだ。

私はさっと席を立ち、電話に出ることにした。

「ちょっと耳に入れたいことがあって」

挨拶もそこそこに、渋野が切り出した。

「マルサチ木材の再生計画は、ダメになりそうだ」

　渋野は低い声で続けた。

「再生計画のほうは、別の弁護士がやっているから、詳細は知らないのだけど。ただ日に日に、会社への取り付けがひどくなっているよ。マルサチ木材の事務室はちょっとしたパニック状態だ」

「取り付け？　取引先が押し寄せているってことですか？」

「そうだ。社長が連日、警察から事情聴取を受けているだろう。それで、どうやら社長は殺人罪で逮捕されるらしい、と周辺で噂になっている」

「逮捕だなんて。まだ逮捕されるほど、証拠が集まったわけじゃないでしょう」

　私が話を聞いた限りでは、逮捕されるほどの証拠は集まらなさそうに思えた。

「正直言って、まだ逮捕って段階じゃないな。僕もそう説明しているけど、社長自身、弱気になっている。それに、社長の弁明を公表するわけにもいかないからな」

　確かに、社長の弁明を公表できない以上、世間的に社長は「被害者の死亡現場に居合わせた人」という扱いになるだろう。殺人犯としての噂が立たないはずがない。

「オーナー企業のワンマン社長が、殺人罪で逮捕されるとなると、経営に与える影響は甚大だ。経営悪化を心配した取引先が、続々、会社にやってきて、色々と騒いでいるよ。この調子じゃ、せっかく裁判所が承認した再生計画が取り消されてしまうかもしれない」

「再生計画の取り消しって……つまり、立て直しは失敗。会社は破産して、完全に消滅してしまうってことですよね？」

「そういうことになる」

がく然とした。渋野には礼を述べて、電話を切った。

席に戻りながら、頭の中ではぐるぐると考えが巡った。そして、ほんの思い付きが確信に変わりつつあった。

剣持先生と古川君は食後のコーヒーを片手に、何か盛んに言い合っていた。私が座ると同時に、

「マルサチ木材の再生計画がダメになりそうです」

と声をかけると、二人は同時にこちらを見た。

私は、渋野から聞いた話を共有した。

「ゴーラム商会、マルサチ木材ともに潰れてしまうわけ？」

剣持先生が訊いた。

「マルサチ木材のほうは、まだ時間的に猶予はありますが。このままだとまずいです」

少しだけ残った自分の食事に手を付けずに続ける。

「私、分かったかもしれません。只野さんのやろうとしていたこと。只野さん、会社を潰そうとしていたんですね」

「それはそうなんじゃない」剣持先生が口を挟んだ。

「これまでの勤務歴を見ても、倒産させる方向に何かしら関与はしている。協力者だと考えて差

し支えなさそうでしょ」

「ええ。ただ、単なる協力者だとは思えません。只野さんは会社を潰すことに、並々ならぬ情熱を注いでいた。そのために自殺までしたのです」

爪楊枝を使っていた古川君の動きが止まった。

「只野さんは、ゴーラム商会とマルサチ木材を確実に倒産させるために、自殺したのではないでしょうか。そう考えると、すべての辻褄が合います」

「うーん、まあ、事実だけをみると」

剣持先生が首を傾げた。

「只野さんの自殺がきっかけで、その二社の息の根が止められそうなのは確かだけど……」

「まず、首切り部屋での首切りという形をとったのは、ゴーラム商会の経営悪化の噂を劇的に広めるための方策だと思います」

そう言う私に、古川君が口を挟んだ。

「もっと簡単な方法があるだろ。経営資料を持ち出して公開するとか」

「いや。もともとゴーラム商会は、フランスのランダール社から契約を切られて経営不振であることは報じられていた。けれどもアパレル業界全体が不振であるために、そう目立っていなかった。大して拡散力のない個人が、資料を持ちだして流出したところで、話題にはならないよ。人の噂というのは、もっと馬鹿馬鹿しくて大げさなものに食いつくもの」

剣持先生は不満そうな表情を浮かべながらも、反論はしてこなかった。ひとまず続きを聞く気になったのだろう。

「幸元社長を呼び出したのは、社長に殺人の嫌疑をかけ、マルサチ木材の民事再生を潰すためです。そのためには悪い噂が立てば十分でしょう。幸元社長が間違いなく犯人だというところまで、罪を擦り付ける必要はありません。ただ、血を浴びた幸元社長が目撃される必要はある。だからこそ、わざわざ隣で私たちがヒアリングしている時間帯を選んで決行したんです。しかし只野さんの予想に反して、幸元社長は首尾よくその場を逃走した」

これには剣持先生は頷いて、続きを引き取った。

「私たちは社長を目撃しなかった。そのせいで社長に嫌疑がかかるまでに十日ほど余計にかかったわけね」

「そうです」

「あれ」古川君が口を挟んだ。

「そもそもマルサチ木材は五年前に一度倒産しているんだろ。その倒産にも、只野さんは関わっていたようだけど」

その点は、私も引っかかっていたところだった。しかし答えはある。

「一度、潰れかけた。けれど会社をバラバラにして消すのではなくて、立て直す方向に決定してしまった。一旦殺したかと思ったのに、民事再生という手法で息を吹き返しそうになっていたというわけ。実際、あと一年で完全に元通り復活するところまで来ていた。只野さんにはこれが気に入らなかったんだと思う」

剣持先生は、すすっていたコーヒーカップをテーブルに置くと口を開いた。

「呼び出した幸元社長に、会社の再建状況を訊いたのも、これから殺す相手の状況確認だったのね」

「その通りです」

「なるほどねえ……そういえば美馬先生、覚えている？」

剣持先生は記憶をたどるように、明後日の方向を見ながら続けた。

「哀田先生がゴーラム商会は助かるかもしれないって話をしたとき、只野さんはえらく興奮していたじゃない。あの時は、ゴーラム商会が倒産しそうなのは自分のミスのせいだと気づいて、自分を責めていると思ったんだけど」

あの時の只野さんの表情を思い出した。丸い目を左右に動かしていた。あの時は私も、只野さんが倒産の責任を感じて動揺しているのかと思った。

「だけど本当は逆だったのね。ゴーラム商会が生き残ってしまうことを懸念したのよ。弁護士たちの頑張り次第では、ゴーラム商会が助かってしまうと危惧《きぐ》した只野さんは、ゴーラム商会にとどめを刺す方法を模索したってわけ。それで、ゴーラム商会とマルサチ木材、両方を一度に殺すための方法が、あの日の自殺だったのね」

なるほど私自身は気付いていなかったが、あの時の只野さんの表情は、そういう意味だったのかもしれない。

「会社を潰して回っていたのは、只野さんだったんですね」

私は呟いた。

只野さんの健康そうな丸顔を思い出した。愛嬌のある大きな目、あの目で何を見つめ何を考えていたのだろう。

「でも」

古川君が口を挟んだ。

「高砂フルーツでは、只野さんの関与は確認されていませんよね。それに小野山メタルも只野さんは在籍していたけど、具体的にどういう関わりがあったのかは分からない」

それはその通りだと思ったものの、剣持先生は、

「ま。そこは調べれば、何か出てくるでしょ」

と軽く言った。

「それよりも、やっぱり分からないことがいくつかあるわ。そもそも、何のために会社を潰すの？　それに、只野さんが会社を潰すことに並々ならぬ情熱を注いでいるのも変じゃない」

剣持先生は眉間に皺を寄せている。

「今回の連続倒産で得したのはテトラ貴金属だけでしょ。テトラ貴金属の関係者が頑張るのは分

かる。只野さんが協力者の一人だとして、それなりに頑張るかもしれない。けど、只野さんが自殺までして協力する理由にはならない」

私も同感だ。会社を潰しても、良いことは何もないはずだ。ゴーラム商会の安西も「弊社を潰して、何になるというのです」と憤っていたらしい。

「只野さんの、お姉さん絡みでしょうか？」

当てずっぽうに言ってみる。

小野山メタルとマルサチ木材には、只野さんの姉の理江さんも勤めていた。

「お姉さんのことで、何らかの恨みを抱いていて、復讐《ふくしゅう》をしたかったのかな、と推測します」

私の言葉を聞くと、剣持先生は机の上に肘をついた。

「でもさ、それなら、恨みがある人に対して直接恨みを晴らしたほうがよくない？　例えば社長に恨みがあるなら、社長を刺し殺すほうがシンプルじゃん。わざわざ会社を倒産させるなんていう壮大で迂遠なことをする必要、全くないもの。もっと簡単な嫌がらせって沢山あるんだから」

そう言われてしまうと二の句が継げない。私も当てずっぽうに言っているだけだ。

只野さんには幸元社長を刺し殺す機会すらあった。だが只野さんは自殺する道を選んだのだ。

社長個人ではなく会社が狙いだったと考えると説明がつくが、会社を狙う理由が分からない。

「あともう一つ疑問。只野さんが、会社を潰すことに情熱を燃やしていたとしよう。会社を潰すために『自殺』という手段を選ぶのは、やっぱり変だと思うの。さっきの美馬先生の話だとどうしてもいっていうか……結果的に上手くいったからいいけどさ。確実に会社を潰すまで生きていたほうがいいじゃない。これまで十年以上かけて色々やってきたわけでしょ。最後だけ死に急ぐのも変よ。粘り強く、会社が潰れるまで何度もトライしたほうがいい。それなのに、イチかバチかの自殺なんて……」

結局、その場では結論は出なかった。剣持先生が口にした疑問はもっともだ。人に復讐するならまだしも、会社を潰す理由が分からない。しかも並々ならぬ情熱で会社を潰す理由。加えて、会社を潰すにしても、自殺という手段は合理的ではない。

私は只野さんの丸いフォルムを思い出していた。笑ったときにえくぼができた。あの笑顔の裏で、彼女は何を考えていたのだろう。

私たちはそれぞれの仕事に戻った。この案件で時間を取られてしまったために、他の仕事が滞留している。急ぎのものを片付けるだけでも、深夜一時までかかった。

タクシーをつかまえて家に帰ると、玄関先からずっと奥まで、真っ暗だった。

シマばあちゃんがいるときは、玄関と廊下、居間は明かりをつけてくれていた。

持病が発見されたものの、きちんと治療して普通に家に帰ってくるものだと思っていた。それなのに、あまりにもあっけない最期だ。

医師の話によると、睡眠中に発作が起こったから痛みもさほど感じなかっただろうという。それだけが救いだ。

けれども、自分でも死ぬとは思わずに睡眠に入ったシマばあちゃんの心境を思うと、どうも落ち着かない気持ちになる。

遺影には、私の成人式に一緒に撮った写真を使った。一番いい笑顔をしていたから。

暖房をつける。部屋が暖かくなるのを待ちながら、遺影をぼんやり眺めていた。

私はこれから、こうやって毎日、暗くて冷えた部屋に帰ってくるのだろうか。たった一人で生きていくのだろうか。転職して、婚活して、結婚して……幸せな家庭を築けば、寂しくないかもしれない。それもありだ。シマばあちゃんもそれを望んでいた。

しかし、何のために――？

自分が幸せになることに、どれだけの意味があるのか。もはや分からない。シマばあちゃんと自分を守るため、これまでガムシャラにやってきた。けれどもシマばあちゃんはもういない。

私自身は、なんとか生きていけるだけの職業についた。もう頑張らなくていいのだ。そう思うと、どうしたらいいのか分からなかった。

居間で体育座りをしたまま急に力が抜けた。一歩も動けそうになかった。

翌日、私は休みを取った。

悲しみは、筋肉痛みたいに遅れてくる。

早朝に目が覚めた。シマばあちゃんのご飯を作る必要がないと気づくと虚しくなった。料理以外の家事や、仕事や、およそ一切のことをする気も起きなかった。

目は冴えているのに、ずっと布団で横になっていた。

事務所に休みを告げる際、体調不良を理由にした。だがシマばあちゃんの死が影響していることは、皆が了解しているだろう。

うっかり事務所で泣くんじゃなかった。ただの体調不良だったら、体調管理がなっていないと言って剣持先生は怒り狂うだろう。きっと今回、剣持先生は何も言わない。その優しさが憎い。

案件を進めるなかで、剣持先生を好きになりかけている自分がいた。今となっては、その頃の自分に会いに行って頰を叩いてやりたい。剣持先生と私では生まれた星が違うのだ。

やはり、世の中は不平等で、不条理だ。

生まれ落ちた環境次第で、人生のスタートラインが違いすぎる。私たちは生まれながらにヒエラルキーの一部に組み込まれる。貧乏よりは金持ち、女よりは男、地方よりは都会、醜い容姿よりは美しい容姿。誰が作った基準なのか、分からない。誰でもいい。現実として序列があることは事実なのだもの。

そして私は、ヒエラルキーの下のほうで生まれた。田舎で生まれ育った貧乏で醜い女。家族に恵まれていただけ良かったのかもしれない。家族からDVを受けている人からすると、私はまだマシということになるだろう。とはいえ互いに、下のほうであることは間違いない。

下から上へ、這い上がろうと頑張ってきた。シマばあちゃんにも楽をさせたかった。

必死に勉強して、奨学金をとって、シマばあちゃんと一緒に上京して、バイトで生活費を稼ぎながら卒業した。司法試験のために勉強をしている時期も、バイトは欠かせなかった。なんとか合格した時には涙が出た。もう明日の食費に悩みながら暮らさなくてよいのだ。

シマばあちゃんも喜んでいた。私とシマばあちゃんは、いわば共に戦った戦友なのだ。少しでもいい暮らしへ這い上がろうと一緒に頑張った。それなのに、シマばあちゃんは死の直前「もうそんなに頑張らんでいい」と言った。

そんなことを今更言われても困る。これまでの人生は何だったのか。これからどうしたらいいのか。

ぼんやり携帯電話をいじっていると、美法からメールが届いた。

私を心配している内容だった。

美法とは先日の合コンで喧嘩をして以来、連絡を取っていない。美法とは同じ事務所で働いている。会おうと思えばすぐ会えるのだから、以前はよく連れ立ってランチに行っていた。

美法には家庭の事情は話していない。美法からも聞かれていない。それでも、学生時代からバイト漬けだった私の様子で、なんとなく察するところはあったのだろう。主に勉強面で、美法にはよく助けてもらった。美法は秀才で法律オタクだ。授業のノートをコピーさせてもらうことも多かった。試験前に分からない部分を訊くと、すぐに教えてくれた。

例えば、同じようなことを剣持先生にされると、私は不快に思っただろう。見下されているのでは、憐れまれているのではと勘ぐって、親切を素直に受け止められない。美法に親切にされても、見下されているとか憐れまれているとは一切感じなかった。それはきっと、私が美法のことを見下していたからだ。美法は身なりにこだわりがないから、全然モテない感じだった。実際、これまで浮いた話ひとつ聞いたことがない。そういうところが私を安心させた。

美法が私を助けてくれたように、私も美法を助けてやればよかったのに。

それなのに私は美法を見下して、叱咤《しった》するばかりだった。

今すぐ美法に謝りたい。そう思って、美法に対する返信メールを書きはじめた。

だが書いても書いても、途中で消してしまう。何度か書こうとしたが、やはり途中でやめてしまった。こうやって軽々しくメールで謝ること自体、不誠実に思えた。

悩んだ末、「どこかで会って話せないか」とメールを送った。

返信はすぐに来た。事務所から少し離れたところにあるカフェで落ち合おうという。

私は重い身体を起こして布団から抜け出した。用事がないと今日は一歩も動けなかっただろう。

自分が立ち直るための方便として、美法への謝罪をしようとしている気もして、罪悪感が募る。

美法自身はそんなこと、きっと気にしないのだろうけど。

お昼に事務所を抜けてきたという。

美法はいつもの通りスッピンで、髪はボサボサのまま後ろで一つ結びにしている。絶妙にサイズの合っていない地味なスーツ姿だ。何も知らずにこの姿だけ見ると、出来の悪い就活生のような印象を受けるだろう。

「おばあちゃんのこと、聞いたよ。ご愁傷さまだったね。玉子はきっと、気落ちしているだろうと思ってさ」

美法は席に着くなり、そう言った。何気なく、こちらに視線を投げる。心配そうな面差しだ。

「でも玉子なら、案外大丈夫かも……とも想像してた。けどやっぱり、そんなわけないね。つらいに決まってる」

美法はそばかすのある頬を緩めて、微笑んだ。

「何にも食べてないでしょ。とりあえず、何か頼もうよ」

うまく言葉が出なかった。

こんなに近くに味方がいたのに。私はどうしてこれまで心を許してこなかったのだろう。

「あ……」声を絞りだす。

みっともないくらい低い声が出た。

「あのさ」

美法は私をまっすぐ見つめていた。

「この前の合コンの日、きついこと言ってごめん」

私は頭を下げた。ポーズではない。自然に頭が下がった。

「えっ？」

美法が大きい声を出すから、私は顔を上げた。

「合コン？　いまその話？」

眼鏡の奥で、目を丸めている。

「いや、だって。謝ってなかったし。気になっていたんだよね」

「なんだかなあ」

美法は呆れたような声を出した。

「玉子って、変なとこ律儀だよねえ」

美法は通りがかったスタッフを呼び止めて、適当に料理と飲み物を注文した。

「おばあちゃんが亡くなって、それどころじゃないでしょう。人の心配より自分の心配をしたほうがいいよ。最近、仕事も忙しそうだったじゃん」

そんなことまで気にしてくれていたのか、と驚いた。

「玉子ってブリッコだしさ。いつも男の子に何かやってもらったり、表面的には人に頼るんだけど。大事なところは全部ひとりで抱え込もうとする」

シマばあちゃんと同じようなことを言うから、さらに驚いた。

「私って、そういうところ、あるのかなあ」

「いや、そうだよ」美法は断言した。

「私でよかったら話聞くからね。別に無理して話す必要はないけど。でも、誰かに話して楽になることもあるから」

美法は運ばれてきたホットコーヒーを口にした。

「それに、合コンの件は私も悪かった。自信がない部分を突っつかれたから、怒っちゃったんだ」

「別にいいよ、そんな。私のほうが悪かった……」

「ううん、私が悪かった。でも一つ勘違いがあったかな。あの日、相手の男たちが『微妙だった』って言ったのは、私にとって微妙ってことじゃなくて。玉子には釣り合わないって言いたかったの。玉子がヘコヘコしてまで気に入られなきゃいけない相手じゃないよ」

私は予想外の方向へ話が転がったことに戸惑った。

「でも、あの人たちは医者と商社マンで、引く手数多《あまた》なわけでしょ。私たちは年齢とか見た目で判断されるわけだから、普通にしてると、そう人気ってわけでもないし」

「いや、だからさ」

美法はスタッフからサラダとカルパッチョを受け取りながら言った。

「玉子の頭の中にある序列みたいなのが、おかしいわけ。一般的にそういう序列ってあるのかもしれないけど。でもそれって、誰が決めたの？」

「さあ。誰だっていいじゃん」

私はサラダに口をつけた。

「決めた人がいるんだよ。ああいう序列を作って得をする人が勝手に決めたんだと思う。ま、恋愛市場の序列は、お金とか権力をもっている男の人が、何世紀か前に決めたんじゃないの。そんな枠組みに従う必要ないのよ」

そう言って、美法は微笑んだ。

「枠組みに従わないとすると、どうすればいいの?」

「ええ、分からないけど。玉子の好きにしたらいいんじゃん」

美法は面倒くさそうに答えて、カルパッチョを口に放り込んだ。

「好きに、って言ってもなあ」

私は戸惑った。自分が何を好きかなんて、これまで考える暇もなかった。世間の常識みたいなものになんとなく従ってきた。

「とはいえ、私はもうちょっと見た目も気にしないと、恋愛対象が見つからないんだけどさあ」

「美法は、中身重視でいいんじゃないかな」

私が素直な気持ちで言うと、

「なにそれ。私がブスだって言いたいの」

と頬を膨らませた。

美法と目が合った。私たちは一斉に吹き出して、「ハハハ」と笑った。食欲が湧いてきた。

家に帰ってからも、美法と話したことを思い返していた。

高齢だったシマばあちゃんですら、彼氏ができたのだ。あの歳になると、見た目がどうというこどもないのだろうけど。

女は年齢や見た目が大事だっていうのは、嘘なのかもしれない。本当だと女に信じ込ませておけば、誰かが得をする。そんな嘘だ。

かといって「嘘です」と言って回ったところで、どうにもならない。でも、嘘を嘘だと知って付き合うか、嘘を本当と信じ込むかで、気の持ちようが変わる。

シマばあちゃんと結婚しようとしていた赤坂に、シマばあちゃんのどこを好きになったのか、訊いてみたいと思った。シマばあちゃんのブリッコに転がされただけのような気もするけど。

喪服のポケットにしまい込んだ、赤坂の名刺を取り出した。

何気なくその文面を見つめ、私は固まってしまった。

『株式会社テトラ貴金属　代表取締役社長　赤坂宗男』

テトラ貴金属の社長の赤坂である。川村先生が刺される直前に会いに行った男だ。

火葬場で話したあの老人。シマばあちゃんの婚約者が、テトラ貴金属の社長だった……。

シマばあちゃんの言う「ムネちゃん」とは、「宗男」の「ムネ」だったわけだ。

シマばあちゃんはテトラ貴金属の指輪をもらっていた。よく分からないけど、やたら大きい指輪だった。その時は、相手はお金持ちなのかな、くらいに思った。

だが、ただのお金持ちなら、テトラ貴金属なんていう中堅メーカーではなく、世界的なハイブランドのハイエンドモデルをプレゼントするだろう。あえて中堅メーカーを選んで大きなダイヤを載せるというのは、こだわりを感じさせる。それもそのはずだ。当の婚約相手が、テトラ貴金属の社長なのだ。自社ブランドの中で一番いい指輪をあげようと考えたのだろう。

疑問は次々と湧いてきた。

シマばあちゃんとテトラ貴金属社長が繋がっていたのは、単なる偶然だ。しかし、そんな偶然ってあり得るか？　シマばあちゃんは自分でも語っていたように、進んでリードしてくれる精力的な男が好きだ。だからシニア世代でも、隠居老人よりは現役で会社をやっている人に惹《ひ》かれた。

それが赤坂だったのだろう。

そういえば、赤坂と会ったあとの川村先生は「美馬って、ばあさん、いるのか？」と剣持先生に訪ねたという。赤坂から何か聞いて、赤坂とシマばあちゃん、そして私の繋がりに勘づいたのかもしれない。

それにしても、頭の中で整理はつかなかった。連続倒産事件の謎と、シマばあちゃんの死に関して抱えている葛藤とがごちゃごちゃになって、混乱している。

赤坂の名刺を見つめて、ため息をついた。そして静かに決意を固めた。

今回の一連の倒産案件、これを片付けないことには一歩も前に進めない。そんな気がした。

不思議なものだ。シマばあちゃんのこと、倒産事件のこと。同じ時期に生じた二つの悩みだから、いつの間にか自分の中で絡み合っていたのかもしれない。それで一方を解かないと、片方も解けない。両すくみの状態で、宙ぶらりんなのだ。

一旦、倒産事件のほうを片付けてしまって、そのあとに残ったものが、自分の本当の悩みだろう。心の整理をつけるためにも、とにかく動いてみようと思った。

2

翌日、赤坂の自宅へ向かった。

世田谷区の、駅から十五分ほど歩く不便な高台の上にあった。こういうところに住む人は電車なんて使わないのかもしれない。

目当ての家屋は、予想していたほど豪華な家ではなかった。

特徴のない二階建ての一軒家だ。和風というほど和風でもなく、洋風というほど洋風でもない。ベージュの壁と灰色の瓦のごく普通の家だ。庭はなく、門扉を入ってすぐに玄関ポーチがあった。

事前に訪問の連絡はしてあった。

インターホンで名乗ると、すぐに玄関のドアが開いた。

先日は喪服だったが、今日はスラックスにシャツ、その上にベストを着ている。小綺麗な印象だが、特徴があるかと言うと、ない。

迎え入れられたリビングルームも、洋風のよくある造りだ。

「どうも」

赤坂は頭を下げた。

背筋がしゃんとしていて動きも機敏だ。喪服を着ていた時より若々しく見えた。髪も半分ほど黒いものが残っている。

「本当に訪ねてきてくれるとは思っていなかったので、嬉しいです」

そう言われると、内心ばつが悪かった。数日前には冷たくあしらったというのに、今度はこちらから押しかけている。しかしその気まずさは、ぐっと我慢した。

「先日は失礼しました。私も気が動転していたもので……。お伺いしたいことがあり、厚かましくもこちらにお邪魔しました」

心ばかりの手土産の茶菓子を差し出す。

赤坂は「そんな、いいのに」と呟きながら受け取った。

事前に用意していたのだろう。老舗和菓子店の最中が盆に載っていた。私が持参したお土産の茶菓子も開けて、盆に広げる。

「男の一人暮らしです。よかったら一緒に食べてください」

甘いもの好きのシマばあちゃんだったら、喜んで食べただろう。私はどちらかというと辛党だが、手を付けないのも悪いから、最中を一ついただく。

「それで、お聞きになりたいこと、というのは？」

赤坂は探るような目を向けた。

聞きたいことは色々あった。シマばあちゃんのこと、テトラ貴金属のこと。自分が一番聞きたいのは、どの話なのか、自分でもよく分かっていない。

自分でも整理がついていないが、まずは訊きやすいところから訊いていくしかないだろう。

「あの……うちの祖母とは、どのようなご縁で？」

赤坂は私の質問に安心したように、頬を緩めた。

「結婚相談所です。私はもう七十なのですが、最近は、シニア婚活というものがあるので」

シマばあちゃんは、今年で八十二歳だった。

高齢同士とはいえ、一回り歳が違う。よくもまあ年下の社長を捕まえたものだと、我が祖母ながら感心してしまう。

「妻と離婚してもう三十年以上になります。このまま一人で余生を、とも思っていたのですが、やはり家で一人食事をとっていると寂しいものがありまして」

その気持ちは今の私もなんとなく分かる。

「失礼ですが、お仕事は？」

テトラ貴金属の名刺はもらっていたが、改めて訊いておこうと思った。

「もともと、会社をいくつか経営していたのです。五十を過ぎたころに新しいことをやりたくなって、テトラ貴金属という貴金属メーカーを立ち上げました。いまもその会社の代表取締役をしています。年甲斐もなく、若者に混ぜてもらっているんですな。この歳まで仕事が生きがいでやってきましたし、かなり精力的に働いていました」

赤坂のテキパキとした話しぶりからも、未だ現役の人だというのは感じられた。

「しかしシマさんと出会ってからは、事業などどうでもいいという気持ちになりました。自分の人生に残された時間をもっと有意義に使おうと。それで実は、今回の結婚を機に、年内いっぱいで引退を決めていました。今回のようなことになり、梯子《はしご》を外された形になったのですが」

そう言って目を伏せた。

「いや失敬。私の引退などはどうでもいいのです。お孫さんを前に、軽口をたたいてしまいました」

「とんでもない」私は即答する。

赤坂なりに、シマばあちゃんを偲《しの》んでくれているのは伝わってくる。

そのぶん、シマばあちゃんの交際について、赤坂からは何も聞かなくてもいい気がした。シマばあちゃんは楽しそうに過ごしていた。赤坂と話してみて、やはり赤坂はシマばあちゃんにあれこれと世話を焼き、大事にしてくれていたのだろうと思えた。

そうすると、やはり引っかかるのは、テトラ貴金属と倒産事件のことだ。

「話は変わりますが」

一呼吸おいて、口を開いた。

「テトラ貴金属は、様々な会社から事業や人材を吸収して、大きくなっていますよね。どの会社から吸収するか、どうやって決めてらっしゃるんですか？」

赤坂は面食らったように、目を丸めた。

「ええと、どうしてそれを？」

「祖母からお聞きになっているかもしれませんが、私は弁護士として働いています。その業務の過程で、テトラ貴金属の名前を耳にすることがありました。調べてみると、主に倒産した企業から事業を買い取っているようです。どうやって買い取り先を決めているのでしょう」

「どうして、そんなことをお知りになりたいのですか？」

当然の疑問だ。もう内部通報の仕事は終了したのだから、調べる必要もない。真相を究明しても、私に得はなにもない。

「私自身も、よく分からないのですが……」

曖昧な返事をしながら、視線を自分の膝に落とした。

「先日も、別の弁護士さんが同じことを聞きにいらっしゃいました」

私は、ハッと顔を上げた。

「もしかして、川村という者ですか？」

「やはり、ご存じですか。玉子さんがお勤めされている法律事務所名は、シマさんから聞いたことがありました。先日いらっしゃった弁護士の先生が同じ事務所の所属の方だったので、もしかするとお知り合いかと思って」

「私の名前を出しましたか？」

赤坂は、気まずそうに、

「出しましたが……。何か不都合でも？」

と答えた。

「いえ、念のため伺っただけです。全く不都合はありません」

すぐにフォローする。

やはり、と思った。川村先生が赤坂を訪ねた後に、私の祖母のことを訊きに来たのは、このためだったのだろう。

「川村先生とは交渉の席で何度かお会いしたことがあります。ですが直接、僕のところを訪ねてきたのにはびっくりしました」

「川村は、どのような用件で伺ったのですか？」

赤坂は目を伏せた。しばらく黙っていたが、

「用件はよく分かりませんでした。ただ、訊かれたこととしては、玉子さんと同様、買収先企業をどのように選んでいるのか、ということでした。すごい勢いで訊かれたもので、僕もある程度

正直にお話ししました」

　川村先生がタブーを犯してまで赤坂を訪ねたのだ。訊きたいことを訊くときの凄みようは、相当だったに違いない。

「ですから、玉子さんにもお話ししますよ。私にできることなら力になるとお約束した手前、話せることはお話しいたします」

　赤坂は、膝の上で指を組んだ。

「企業買収は時間を買うものだ、と言うでしょう」

　急に大きな一般論になって戸惑いつつも、私は頷いた。

　一から事業を育てるとなると時間がかかる。外から事業ごと買ってくれば、時間の節約になるのだ。

「私は老い先が短いこともあって、生きているうちになるべく会社を大きくしたいという欲目もありました。今思うとガムシャラすぎました。シマさんと出会って、会社を大きくするなんてどうでもいいことだったと、今なら分かるのですが」

　赤坂はため息をついた。

「何はともあれ、なるべく早く会社を大きくするために、積極的に企業買収をしているのです。経営が傾いている会社から事業を買うというのは、単純にそのほうが安いからです」

　落ち目の会社のほうが、現金欲しさに安く事業を手放す。よくあることだ。だから、倒産した企業から事業を買うこと自体はおかしくない。

だが、よりにもよって、どうしてあの四社なのだろう。

「経営が傾く企業は沢山あるでしょう。その中から、どうやって選ぶのですか」

「コンサルタントに紹介頂いています」

「コンサルタント？」私は聞き返した。

「ええ。この企業のこの部門がおすすめです、という感じで、おすすめを頂くようにしています」

確かに、企業買収の仲介を専門としている人たちはいる。彼らは、買い時の事業を他の会社に案内することはあるだろう。会社同士のお見合いの仲人のようなものだ。

「当然、紹介料を払っているんですよね？」

赤坂は頷いた。

「はい。通常、こういう仕事は、買取価格の数パーセントという形かと思いますが、私たちは顧問のような形で毎月定額をお支払いしています」

「そのコンサルタントというのは、どなたですか？」

胸の鼓動を抑えながら訊いた。

しかし赤坂は、

「それは言えません」

とあっさり返した。

「他言しない条件で、個人的にご紹介いただいていますから」

「しかし、赤坂さんはもう引退されるのでしょう。今後、ご紹介される機会もないはずです」

残酷なことだとは思ったが私は反論した。もう引退だからいいじゃないか、という言い方は、仕事人間には辛いだろう。

赤坂は、首を横に振った。

「はい。もう紹介は頂かないと思いますが。しかし、義理というものがあります。川村先生にもお話ししていません」

はっきりとした口調だ。

「そもそも、どうしてそんなことが知りたいのでしょう?」

もっともだ。だが内部通報があったことや、案件の内容を話すことはできない。

赤坂の様子からすると、テトラ貴金属が直接、連続倒産に関与しているとは思えない。テトラ貴金属は連続倒産の脇で、こぼれ落ちてくるお宝を拾っているにすぎない。

しかし、テトラ貴金属に倒産企業を紹介するコンサルタントがいた。その人物は、倒産情報をどのように得ているのだろう。近藤や只野さんと何らかの繋がりがあったと考えるのが自然だ。その人物に当たれば、連続倒産の真相に近づけるはずだ。

「理由は言えません。しかし――」

その時、私の中で一つのアイデアが湧いた。

一瞬、胸の内に迷いが生じた。

だが次の瞬間には、私は口を開いていた。

「赤坂さん、うちの祖母の過去を知りたいですか」

赤坂の目をじっと見た。

赤坂は意表を突かれたように、私を見つめ返した。

「シマさんの過去……ですか」

「コンサルタントを教えてくださったら、祖母のこともお話しします。祖母というか、ほとんど私の話でもありますが」

赤坂の視線が泳いだ。

「シマさんも、あなたも、話したくなかったんでしょう？」

「はい。誰にも話していません。でも本当は、隠すようなことでもないのです」

自分の声が震えているのは分かっていた。

誰にも話さなかったのは、同情されたくなかったからだ。

取引の役に立つなら話しても構わない。

「いいのですか」

赤坂は戸惑いながらも、興味を示している。シマばあちゃんの過去を聞くために、火葬場で土下座したほどだ。何としてでも知りたい情報だろう。

「はい。その代わり、そのコンサルタントのことを教えてくれると約束してください」

不思議そうに瞬きをしながら、

「コンサルタントの情報ですか」

と呟いた。しばらく手元を見つめて、黙っている。迷いがあるのだろう。

一分ほど経った頃に、

「分かった。約束しよう」

と赤坂は答えた。

「これからの人生、どうしたらよいかと途方に暮れていました。シマさんのことをしっかり知って、整理をつけないと、前に進めないのです」

赤坂の瞳には、穏やかな光が宿っていた。

私はその目を見つめて、口を開いた。

「大した話ではないのです。我が家は関西で、代々、干し柿を作る会社を経営していました。もうずっと前、百年以上前からです。もとは柿農家だったみたいですが」

「柿、ですか」

赤坂はそう繰り返しながら、合点がいったという顔で呟いた。

「だからシマさんは、あれほど干し柿が好きだったんですね」

「祖母は、祖父や父が作る干し柿を好いていました。ところが、祖父が亡くなり、父の代で、事業が立ち行かなくなりました。私はまだ子供だったので、直接の原因は分かりません。工場や家に、大声で怒鳴り込んでくる大人が沢山いたことは憶えています。両親は追い詰められました」

当時のことを思い出しても、私の胸の内に何の感慨も浮かばなかった。脳が再生するのを拒否しているのかもしれない。あの時以来、私は血とか、惨《むご》い場面が苦手なのだ。

「ある日、私が学校から帰ってくると、両親は、自宅の鴨居で首をつって死んでいました。二人とも、経営者保険に入っていました。自殺でも保険金は下りるのです。それぞれ二億円ずつ、合計四億円入ったようです」

赤坂は目を見開いている。淡々とした私の話しぶりに、どう反応していいのか分からないのかもしれない。

「そのおかげで、債権者にいくらかのお金を返すことはできました。もちろん、全額は難しいですが。あとには、私と祖母だけ残されたのです」

「そのとき、玉子さんは何歳ですか？」

赤坂が控えめに訊いた。

「八歳です」

答えを聞いて、赤坂は俯き、自分の膝の上で組んだ指を見つめた。

同情しているのだろうと思った。こういう態度をとられるのが嫌で、人に話さないようにしていたのだ。

だが今回は目的がある。話を続けた。

「祖母は当時、六十を超えていましたが、働きに出ました。主にビルの清掃業を行っていたようです。祖母はもともと良いところのお嬢様で、社長である祖父に嫁いできた後も、ほとんど家のことすらしていません。もちろん、外で仕事なんてしたことがありません。六十を超えてから慣れない仕事を始めて大変だったと思いますが、よく耐えていました」

「親戚の援助などは受けられなかったのですか？」

私は首を横に振った。

「地元には親戚がいましたが、家業の倒産を機に、蜘蛛の子を散らしたように逃げていきました。私と祖母は二人きりでしたね。私たちは夜逃げ同然に隣県に引っ越し、暮らし始めました」

赤坂は固まったまま、聞き入っている。

「私が高校に入ってからは、バイトをするようになったので、祖母の負担は減りました。二人で節約して、少しずつお金を貯めていました。幸運にもまとまった額の奨学金を得ることができ、東京の大学に進学することになったのです。祖母を置いていくわけにはいかない。一緒に上京しました。私は高校時代よりもさらにバイトに励んだので、生活は少しずつ楽になってきました。何とか弁護士になって就職してからは、格段に生活水準が上がりました。祖母とは祝杯をあげたものです。でも今考えると、温泉旅行に連れて行ったり、もっと贅沢をさせてやるべきだったかな」

私は独り言のように言った。

奨学金の返済もあったし祖母の医療費の心配もあった。それでもまだ余裕はあったのだ。幼い頃の貧乏根性ですべて貯蓄に回していたが、もう少しシマばあちゃんのために使えばよかった。今思うと後悔は色々とある。

「そういうことだったのですね。シマさんは、玉子さんの作る干し柿を自慢していました。僕も食べてみたいと言っても、食べさせてくれなくて、不思議に思っていたんです。あんなにストックしてあるのにね」

入院中、シマばあちゃんが隠し持っていた干し柿ストックのことを言っているのだろう。

「でも、その気持ちはなんとなく分かりました。自分の人生の大事なところは、誰にも触らせたくないものですからね」

赤坂が寂しそうに笑った。

「うちに沢山ありますから、今度送りますよ」

「隠居老人ですから、いつでも遊びに来てください」

赤坂は寂しげに漏らした。

「それはそうと……約束でしたね」

赤坂はゆっくり立ち上がる。隣の和室へ行って、一冊のファイルと共に戻ってきた。ファイルから、名刺くらいのカードを取り出して、

「こちらです」

と示した。

『トラ　０９０―××××―××××』

白いカードに黒い文字で、それだけ書いてある。

「トラ？」

怪訝に思って訊くと、赤坂は、

「経営者界隈では『トラ』とだけ呼ばれています。本拠地が虎ノ門《とらのもん》にあるからそう呼ばれている、という噂もありますが。真偽のほどは分かりません」

「これはどういった組織なのですか？」

「表向きは、投資家集団のようです。資金に困った経営者が泣きつくと、助けてくれることもあります。ただ、実態としては経済ヤクザに近いかもしれません。お金になることなら何でもやる集団です。ブレーンがしっかりして、詐欺のような、あからさまなことはしません。違法とは言えないラインを狙っているんですな」

私はカードを見つめた。

もともと、投資家と呼ばれる人たちは嫌いだ。事業をして、お金を生み出す事業家が一番偉いはずだ。それなのに、その事業家を競馬の馬のように見比べて、お金を賭け、勝った、負けたとわめいている連中が、投資家だ。

自分は事業を起こす勇気もないくせに、事業家に対して、「あいつはいい」とか「あいつはもうだめだ」とか、勝手なことを言う。

「この、トラという組織が、程よい企業買収先を教えてくれていたのですか？」

私はトラの連絡先が書かれたカードを指さした。

赤坂は、自虐するように微かに笑った。

「はい。愚かなことですが、私は老い先短い人生で、会社を大きくしようと焦っていました。ある経営者仲間からトラを紹介されたのです。その経営者仲間は、その後失踪しました。何か危ないことに首を突っ込んでいたのかもしれません」

「その、トラ、というのは、有名なのでしょうか？」

これまで弁護士として働いてきて、一度も耳にしたことがないのは不審に思えた。

「有名……というほどではないですね。知る人ぞ知るというか。経団連のお偉方や、エグゼクティブ層なら、都市伝説的に噂を聞くことはあるかもしれません」

私はふいに、津々井先生を思い出した。

テトラ貴金属が絡んでいると聞いたとき、警戒するような様子で、

「危険なことに巻き込まれたら、手を引くように。安全第一でやっていきましょう」

と言ったのだ。

津々井先生ならもしかすると、トラの存在を知っていてもおかしくない。

それに、川村先生。彼も津々井先生と同様、百戦錬磨の弁護士だ。赤坂からトラの話を聞かずとも、アタリがついていたのかもしれない。

私はお礼を述べて、赤坂宅を辞した。

急いで事務所に戻ろうと思った。

赤坂からもらったカードに視線を落としながら、タクシーに揺られる。

この電話番号に直接電話するつもりはなかった。こちらの情報がどう使われるかも分からない。念のため、「トラ」という名前や電話番号をネットで検索してみたが、これといった情報は出てこなかった。理由をつけて携帯電話会社に弁護士照会をかけることもありうる。だがきっと飛ばしの電話番号だろう。登録された個人情報が正しいとも限らない。まずは津々井先生に事情を聴くしかない。私は、赤坂からもらったトラのカードをジャケットの胸ポケットにしまった。

タクシーを降りると、急いで事務所の入っているフロアへ向かった。津々井先生の執務室の前まで行くが、電気がついていない。

すぐ近くにいる秘書に問うと、

「津々井先生は、海外出張に出られています」

と言う。

「ええ、ついこの間も海外出張だったじゃないですか」

「そうなんですよねえ。津々井先生、もともとご旅行が好きだから、すぐに出張を入れちゃうんですよねえ」

「メールや電話は通じるんですよね？」

私の剣幕に驚いたのだろう。秘書は身じろぎしつつ、

「えっと……いや、あと十時間は太平洋の上ですね」

と答えた。

「どうかしましたか？」

心配げに私の顔を覗き込む。

「いえ、大丈夫です。ありがとうございます」

と返すしかない。

私は自分の執務室へ戻りながら、思案した。

今回の連続倒産は、このトラという組織が裏で糸を引いているのではないか。近藤や只野さんはこの組織の一員か、あるいはこの組織に利用されていたのかもしれない。

会社を倒産させて、その一部、優良部門を売りさばく。買った者からは手数料をとるか、月々の顧問料をとる。それでどのくらい儲かるのかは分からない。しかし全国的に、組織的に行えば、普通に事業を行うより利ザヤは大きいだろう。

ふつふつと怒りが湧いてきた。死体に群がるハゲタカどころか、生者の命を吸い上げる寄生虫

だ。事業に情熱を燃やす人たちが、こういう寄生虫に利用されているのだ。私の頭の中で、はっきりとその構造が浮かんだ。

日本のどこかに甘い汁を吸う人たちがいる。働いても働いても、暮らしが楽にならないわけだ。

「あれ、美馬先生。もう大丈夫なの？」

ふいに横から声がかかった。

見ると、執務室から剣持先生が顔を出している。

「顔色、悪いけど」

私は剣持先生の顔をじっと見つめた。不公平なくらい何でも持っている人だ。でも、剣持先生と争って、剣持先生の上に行くことを目指しても仕方ないのだ。

美法から言われた言葉が頭に浮かんだ。

——大事なところは全部ひとりで抱え込もうとする。

これまで、どうしてこんな、ちっぽけなことにこだわってきたのだろう。

急に視界が開けた気がした。

剣持先生は心配そうに私の顔を見つめている。

心配されても、もう腹なんて立てない。

「あの、剣持先生。折り入って、ご相談があるんです」

男性に対してしか、言ったことのない言葉だった。

3

「なるほどねえ」

剣持先生は腕組みをして呟いた。

午後四時を回ろうとしていた。執務室には他にも弁護士がいた。剣持先生は急いで会議室をとってくれた。

「でも残念ながら、トラというのは、私も聞いたことはないわ」

細かいところは端折って事情を共有していた。テトラ貴金属の社長が、たまたま知人の知人だったから話を聞いてきた、と言ってある。

「確かに津々井先生なら知っているかもしれないわね。この件、急ぐの？」

「小野山メタルと高砂フルーツは、もう仕方ありません。ゴーラム商会も手遅れです。しかし、マルサチ木材は――」

私の頭には、幸元社長の綺麗なお辞儀が浮かんでいた。自分の商売のために、必死に頭を下げてきた人だ。それなのに今、寄生虫によって、食い倒されそうになっている。

「一分一秒を争うというわけではないですが。悠長に構えてはいられません。こうしているうちにも、マルサチ木材の再生計画がダメになってしまうかもしれない」

「津々井先生の出張の帰りを待つのが一番だけど」

一瞬考え込んで、剣持先生は明るい調子で言った。

「一人だけ。今のうちから調べられる人がいるよ。近藤まりあに接触してみましょう」

「しかし、近藤から、どうやって話を聞き出すんですか」

剣持先生は、なんということもない調子で、

「まあ、そこは、脅しすかして、どうにかするわよ」

と言って、歯を見せて笑った。


ゴーラム商会に電話をし、哀田先生を介して、近藤とのアポイントメントをとった。

受付で落ち合うことにしていたが、集合時間の五時三十分になっても近藤は現れない。哀田先生に再び確認すると、五分前に執務スペースを出て下りて行ったはずだという。

「逃げられたかしら」

剣持先生は腰に手を当てて、仁王立ちをしている。

「ま、いいわ。自宅のほうで待ち伏せしておきましょう」

「自宅？」驚いて聞き返す。

剣持先生は百五十万円するというバッグから、近藤の履歴書を取り出し、ひらひらと動かした。

「ほら、神楽坂の自宅よ」

全く悪びれることなく言った。

私たちは再度タクシーをつかまえ、神楽坂に向かった。近藤が電車で帰ってくるとしたら、乗り継ぎ時間などを考えると、私たちのほうが早く着くはずだ。

近藤が住んでいるマンションはハイグレードなもので、当然のように一階のエントランスにロックが掛かっていた。

しかし剣持先生は、眉一つ動かさずに、一枚の紙を取り出し、しゃがみこんだ。エントランスドアの隙間にその紙を差し入れ、下から上へとスライドさせる。すると、エントランス内部に人が通ったものと感知して、ドアが開いた。

「こういうマンションって、見た目ばっかり立派で、このあたりのセキュリティが弱いのよ」

満足そうに独り言《ご》ちると、近藤の部屋がある七階までエレベーターで上がった。

近藤の部屋の前につくと間髪入れず、インターホンを押した。

反応はない。

すると剣持先生は、ドアを拳で五回叩いた。

「いますかー？　諦めて出てきてくださいよー」

いつもより野太い声だ。

ちょうどエレベーターで上がってきた同じ階の住民が、私たちを横目で見ている。不審がられて当然だ。

「いるんでしょー、出てきてくださいよー」

「ちょっと剣持先生」

私は剣持先生のジャケットの裾を引っ張った。

「近所迷惑じゃないですか」

剣持先生は眉間に皺を寄せた。

「何言ってんの。近所迷惑だからいいんじゃないの。こうやって騒いで、それでも出てこなかったら、留守って分かるじゃない」

さも当然のように言う剣持先生に驚いた。理屈の上ではその通りだが、恥も外聞もなく実行するのがすごい。敵に回したくないと思った。

その後もしばらく粘ったが、部屋の中からは物音ひとつしない。本当に留守のようだ。

「仕方ないわね。待たせてもらいましょう」

ドアの前で腕を組み、もう一方の壁に寄り掛かった。

私も剣持先生の横に立って待機した。

六時を回り、六時半になっても近藤は帰ってこない。

私は足が疲れてきて、廊下にしゃがみこんだ。壁に体重を掛けながら、お尻だけ浮かした体育座りのような格好だ。剣持先生は全然疲れた素振りを見せず、立ったままだ。

「先生、どうして協力してくれたんですか？」

純粋な疑問を口にした。剣持先生はドライな人だから、終わった案件は追いかけないと思っていた。協力を頼んでも「一円にもならないじゃない」と、いつもの調子で無下にされると予想していた。倒産事件の真相を、彼女なりに気にしていたのだろうか。

「どうしてって」

剣持先生は私と反対の方向に顔をそらし、

「あなた、泣きそうだったじゃん。何があったのか知らないけど」

と呟いた。

「私には全然分からないけど、あなたなりに、この事件にこだわりがあるんでしょ。そういう他人のこだわりを私も尊重しようと、最近は努めているの。今年の初めのほうで、私が数か月事務所を飛び出していた時期があったでしょ。その時に、そういうことを思ったの」

反省文を読み上げる子供のように、渋々といった感じで説明した。

「それに、この事件は私も不完全燃焼ではあったからね。只野さんや川村先生があんなことになっちゃったし」

只野さんの惨い死体を見たのは私だけではなかった。剣持先生は遺体を見ても顔色一つ変えなかったけど、だからと言って、何も思わなかったわけじゃないのだろう。

川村先生の件もそうだ。剣持先生にとってもショッキングな出来事だろう。

剣持先生も当たり前に人間だ。本人にしか分からない悩みや葛藤があるはずだ。それなのに剣持先生を外側から見て、勝手にサイボーグのように考えていた。恵まれていて、自分勝手で、何の悩みもない人だと。

憐れまれたくない、同情されたくないと思いながら、自分を一番憐れんでいたのは自分自身なのかもしれない。可哀想な私だから、恵まれている剣持先生を嫌ってもいいのだと、自分に言い訳していた。実際は自分のことばかり考えて、他人のことなんて一つも見ていなかったというのに。

「なんか、すみません」

私が呟くと、剣持先生は私のほうを見た。

「なんであなたが謝るのよ」

「いや、別になんでってわけでもないですけど。あと、ありがとうございます」

剣持先生は肩をすくめた。

「最近の若者が考えることは、全く分からないわ」

「私たち、一歳差ですよ」口を挟む。

「精神年齢の差を加味してちょうだい」なぜかドヤ顔で言われた。

私たちはしばらくその場で待っていた。足がしびれてきて、私はもう一度立ち上がる。このまま待ち続けても無駄かもしれない。そう思い始めていた。

七時前になってやっと、エレベーターの扉が開き、見覚えのある顔が覗いた。

近藤まりあだ。

片手に通勤鞄を持ち、もう片方の手にはコンビニの袋を持っている。何の変哲もない帰宅姿に見える。

「遅いじゃない」

剣持先生から声をかけた。

「えっと……」

部屋の前に私たちがいるのを見て、明らかに戸惑っていた。

「先生方。どうされたんですか」

戸惑いながらも、近づいてきた。部屋に入るには近づくしかない。

「会社でアポを取ったはずなんですけど。あなたがすっぽかすから」

と剣持先生が言うと、近藤は目を丸めた。

「アポ？　私は何も聞いていません。何のことですか」

本当に何も知らないように見えた。迫真の演技でしらばっくれているのかもしれないが。

剣持先生はちょっと顎を上げ、

「ま、いいです。大事なお話があるんです。お邪魔していいかしら」

邪魔を邪魔とも思っていない、遠慮のない物言いだった。

「ええー、今からですか？」

近藤は私たちの反応を窺いながらも、横目で周囲を見渡している。

そりゃそうだ。ドアの前で待たれていたかと思うと、近隣住民からも変な目で見られかねない。

「とりあえず、お上がりください」

近藤は鍵を回し、ドアを開いた。

剣持先生は全く躊躇なく、部屋に入る。私も続いた。

高級マンションだから、家の中には高そうな家具があるのかと予想していた。だが実際は、小型の家具がちまちまと並んでいるだけだ。家電量販店で買い求めたのだろう。特別お洒落というわけでもない。

外に出る時の身なりには気を遣うが、誰にも見られることのない家の中は適当なのか。

私たちは、安っぽい白色の丸テーブルの脇に腰かけた。

近藤が不安そうな顔をしながら、

「お茶、飲みます？」

と言って、コップに入れた麦茶を二人分持ってきた。

剣持先生は、眉一つ動かさずに、麦茶を受け取って口にした。

「それで、話というのは？」

向かいに座った近藤は、上目遣いで私たちを見ている。警戒しているのだろう。

「単刀直入にいいますけど、全部吐いたほうが身のためよ」

剣持先生が宣言するような口調で言った。

急に何を言い出すのだろうと、脇にいる私もびっくりした。

剣持先生は、平然とした顔をしている。

「今なら不問に付すこともできる。だけど、後からバレたら、私たちも、庇《かば》えないんだから」

真剣な顔で身を乗り出す。

「あなただって、命令されて、嫌々やっていたんでしょう。悪いのはあの人たちなんだから」

「なんのことでしょう？　言っていることが、全然分からないです」

近藤が不快そうに眉をひそめた。

剣持先生がため息をついた。

「あなた、自分の就職先をどうやって選んでいたの？」

近藤の口元が歪んだ。「就職先？」

「ええ、四社経験しているでしょう。どの会社に入社するか、指示されていたんじゃないの？」

「そんなおかしな話、あるわけないじゃないですか」

「どうしても話さないつもり？」

「話すって、何をですか」近藤は鼻で笑った。

「どうしても言いたくないってわけね。いいわ、それなら。ゴーラム商会は倒産する。あなたはまた職探しをすることになるけど、新しい職は、もう見つからないものと思っておきなさい」

近藤が、私たちを睨みつけた。

「どういうことですか」

鼻にかかった、人を小馬鹿にする声だ。

「あなた、一社目の小野山メタルにいたとき、不正会計に関与していたわよね」

剣持先生はそういうと、鞄に手を入れて、名刺を数枚取り出した。

いずれも社名はバラバラである。が、小野山メタルにいたころの同僚や上司のものなのだろう。

近藤の顔色がみるみる青ざめていった。

「今まで隠していたみたいだけど、あなたが不正会計の一端を担っていたっていう証拠は上がっている。不正会計をした人を経理に雇う会社はないわ」

しばらく、近藤と剣持先生は睨みあっていた。

近藤の分が悪いことは、見るからに明らかだった。顔色が全然違う。

「まずは、あなたたちの要求を知りたいです。何のためにうちに来たんですか」

探るように呟いた。

「全部話しなさい。今なら許してあげる」

本当は、剣持先生が許すかどうかという問題ではない。だが、あまりに堂々と言うから、言われたほうは飲まれてしまう。

近藤の視線が泳いでいる。迷っているようだ。

「黙っていたって、組織はあんたを守ってくれないよ」

声を張り上げ、テーブルをたたいた。

その迫力に、隣にいる私も身じろぎした。

「あなたはもう、よく頑張った。このあたりで降りてもいいんじゃない」

一転して、優しい口調である。

「今正直に話してくれたら悪いようにはしないわ。でも、後になって本当のことを言われると、守れないかもしれない。だから今こうやって、事情を聞きに来ているの。あなたは巻き込まれただけ。被害者なんだから、堂々と本当のことを話せばいいのよ」

近藤が被害者にすぎないのかは分からない。だが被害者という体《てい》で訊いたほうが、近藤が口を割りやすいのは確かだろう。

近藤は目を伏せて、しきりに瞬きをした。

「そんなこと言われても」

目元から涙が一粒こぼれた。近藤は両の手で顔を覆った。そこからは早かった。

「だ、だって……」

と呟き、ダムが決壊したように嗚咽《おえつ》を漏らし始めた。

すかさず剣持先生は近藤の隣に行き、その背中をさすった。

「正直に話したら、不正会計のことは黙っていてくれるんですよね？」

近藤は恨めしそうに顔を上げて、剣持先生を見た。

「ええ、約束するわ」剣持先生が即答した。

近藤は声を震わせながら話し始めた。

「仕方なかったんです。いつの間にか、ずぶずぶになってしまって……」

私は自分のジャケットの胸ポケットを確認した。ＩＣレコーダーを潜ませてある。

「一社目の小野山メタルでは、真面目に働いていました。何も知らなかったんです。上司に指示された仕事をしていただけなのに。不正会計を手伝わされているってことを知らなかったのです」

会社が倒産して彼女も解雇された。途方に暮れているときに声をかけてきたのが、小野山メタル時代の同僚の只野さんだったという。

「只野さんは言いました。『私の言う通りの会社に勤めてくれれば、毎月三十万円を渡すから。詳しい事情は聞かないで欲しい』って。目の前のお金に目がくらんだんです。実際、彼女がお願いしてきたことは、何一つ違法なことはなかったんです。只野さんの言う通り、マルサチ木材に入りました。普通に働いているだけなのに、毎月三十万円、きっちり振り込んでくれるのです。たまに、只野さんとご飯に行きました。近況や会社のことを訊かれることはあったけど、友達とご飯に行って交わす程度の内容です」

近藤は、視線を上げて、私のほうを見た。

「マルサチ木材にいた時、社長に只野さんを紹介したそうですね」

私は近藤に同情するように、温かい視線を返しながら、尋ねた。自分は悪くない、と再確認したように、近藤は再び話し始めた。

「マルサチ木材の社長が、木材の仕入れに困っているせいで、ピリピリしてて、ウザいんだって漏らしたことがあります。そしたら、只野さんが、ちょうどいい人を知っているから紹介するよと言うんです。それで、ノフィを紹介してもらって、社長も大喜びでした。それが、まさかあんなことになるなんて……」

近藤はそこで言葉を切った。

自分の行動が会社を潰す一因になったことに、多少なりとも罪悪感を抱いているのだろう。だからこそ、知らなかった、予想もつかなかった、と自分が悪くないとアピールしたがるのだ。これまで勤務してきた会社がすべて潰れていると軽い調子で周囲に吹聴《ふいちょう》するのも、罪悪感の裏返しなのかもしれない。

「次に就職したのは、高砂フルーツ。これも只野さんの指定でした。たまに会って、世間話程度に会社のことを話すことはありました。けれども、高砂フルーツに関しては、私は何もしていませんね」

高砂フルーツは確か、山峰という男にDMを送り、経営者同士の交流会で山峰と社長を引き合わせたことがきっかけだ。DMは只野さんが自分で送ることができる。

だが、山峰と社長を引き合わせたのは、背の高い男だったという。只野さんには、別の協力者もいたのだろうか。

「何もしていないのに、高砂フルーツも潰れてしまったから。私はとうとう不気味に感じ始めました。もう、只野さんとは縁を切ったほうがいいかもしれない、とも思ったんです。けれども、毎月もらっていた三十万円を手放すのが惜しくて。私、自分が馬鹿だって思うけど」

近藤が報酬をもらい始めたのは、七年前からだ。毎月三十万円、一年で三百六十万円。七年で二千五百万円超だ。それほどのお金をもらうことに慣れていると、手放せなくなる気持ちも分からなくはない。

「結局、只野さんの言いなりに、ゴーラム商会に入社しました。ゴーラム商会でも何もしていません。だけど、只野さんから『お互いに知らない者同士の振りをしよう』って言われていました。その頃には、只野さんに何かあると薄々思っていたので、只野さんと元々知り合いだったとか、特に親しいとか、周囲に思われないほうがいいかなって打算もありました。だから、先生方のヒアリングで、只野さんと私が親しいという話があると聞いて、びっくりしました。特に親しくないと否定したのは、そのためです」

そこまで話すと、近藤は息をついた。

「本当は、もうやめなきゃって思ってたんです。変なこと、不気味なことに巻き込まれているって、不安でした。先生たちがヒアリングを実施していたのも、只野さんや私の周辺を調べていたのでしょう?」

近藤は、探るように私たちを見た。

「私、会社で嫌われていたから。どのコミュニティに行っても、私って嫉まれてしまうんですよね」

この期に及んで、若干自慢げな口調だ。

「だから、誰か私を嫉んだ人がチクったんだろうって想像はついていました。そんな中、只野さんがあんなことになって……」

言葉を詰まらせ、また泣きじゃくり始めた。

「誰かがチクったと、どうしてそう思うの？　あなたの被害妄想じゃないの」

剣持先生が鋭く訊いた。

近藤自身は、自分に関する内部通報が入っていることなど知らないはずだ。誰かがチクったことで面倒に巻き込まれていると、近藤自身が認識しているのはおかしい。

「被害妄想じゃないですよ。役員の安西さんがこっそり教えてくれたんですもん。変なタレコミが入っているけど、こっちで丸めておくから大丈夫だ、って」

近藤が目を吊り上げて言った。被害妄想と片付けられるのは、彼女としては我慢ならないのだろう。

「安西って、管理部門の役員じゃない」剣持先生が頭を抱えた。

「全く、あの会社のコンプライアンス体制はどうなっているの。通報内容を本人に共有したうえで揉み消そうとするなんて……」

やっと大枠が分かってきた気がする。

基本的に大事な部分は只野さんが実行し、情報収集や補助的な役割を近藤に担わせていた。報酬を弾むことで、近藤の軽薄な面を利用するつもりだったのだろう。

ところがお金を手にした近藤の行動が目に余り、周囲から嫌われてしまう。内部通報をしたのは、近藤を嫌った同僚の誰かだろう。

私たちがヒアリングにやってきて、只野さんも焦った。とっさに「近藤さんに相談した」と話すことで、疑いの目を近藤へとそらそうとした。

近藤に支払った二千五百万円超のお金がどこから出てきたのか、疑問ではある。だがそんな大金を只野さんが用意できるとも思えない。トラから資金供与があったのかもしれない。

「只野さんが指示する会社に勤めると、その会社が潰れる。この繰り返しだったのよね。さすがにあなたも、只野さんが会社を潰しているって、気付かなかったの？」

剣持先生がもっともな質問をした。

責められるニュアンスを感じたのか、近藤は、

「只野さんが何を考えていたかなんて、知りません」

と突っぱねた。

「只野さんから、プライベートな話を聞いたことはないの？」

近藤は、記憶を辿《たど》るように、視線を泳がせた。

「たびたび食事に行きましたけど、あまり自分の話をする人ではなかったです。私が話していることが多くて」

近藤の愚痴を只野さんがニコニコと聞いている情景が目に浮かんだ。

「でも、私が就職する会社をどう選んでいるのか訊いたことがあります。私って、簿記一級を持っていますけど、只野さんの言う通りの会社に就職するのは結構大変なんですよ。専門性とか経験から言えば雇ってもらえると思いますけど、転職回数が増えてくると企業側にも警戒されるし。只野さんの指示に従うのだって楽じゃないんです。それなのに、只野さんからお礼を言われたことなんてなくて。私、そういうの、どうかと思うんです」

近藤は口を尖らせている。

只野さんからすると、毎月三十万円の報酬を渡していたから、殊更にお礼を言おうという気にならなかったのだろう。

「そうですよね。採用面接だって、しくじれないっていうプレッシャーがあったでしょうね」

私は近藤に寄り添う発言をする。

近藤は顔を上げ、涙目で私を見つめた。

「そうなんです！　結局、転職って面接勝負じゃないですか。毎回毎回、緊張して。只野さんが自分で就職すればいいのにって思いました。どうして自分で就職せずに、私を送り込むのかって、訊いたことがあります。只野さん、最初は全然教えてくれなかったですけど、私も酔っていたので、相当しつこく訊いたんです。そしたら彼女、『どれも姉が勤めていた会社だから、姉のことを覚えていそうな会社には私は勤めにくいのよ』って漏らしていました」

四社のうち、マルサチ木材と高砂フルーツには、只野さんは勤めていない。

マルサチ木材に姉の理江さんが勤めていた頃、社長夫人は作りすぎたおかずを理江さんに持たせていたという。只野さんも一緒に食べたことだろう。その記憶から、理江さんのことを覚えている人が社内にいるかもしれないと危惧したのだ。

高砂フルーツの事情は知らないが、マルサチ木材と同様に、社内に理江さんを覚えている人がいる可能性があったのだろう。

私たちは、あれこれと質問を変えて、只野さんについて尋ねた。

だが、これといった情報はもう出てこなかった。

「トラ、って知ってる？」

ふいに、剣持先生が尋ねた。

近藤は、顔を上げ、

「トラ？　動物の虎ですか？」

と訊き返した。

「組織のトラよ」剣持先生が言う。

「組織の、トラ？　ちょっと、よく分かりません」

近藤が嘘をついているようには見えなかった。

なるほど、おそらくトラと繋がりがあるとしても、只野さんのほうなのだろう。トラと只野さん、只野さんと近藤はそれぞれ繋がっている。だが、トラと近藤の繋がりはない。

「只野さんが死んじゃって、毎月の振込もなくなっちゃったんです。それで、来月にはこのマンションからも引っ越さなくちゃいけなくて……。本当いい迷惑。何回も倒産、求職を繰り返して、私の履歴書はもうボロボロなのに」

近藤が暗い目で漏らした。

近藤は目下の経済難や面倒ごとを嘆くばかりで、私たちに質問をすることもなかった。普通なら、只野さんは何をしようとしていたのか気になるはずだ。自分がこれまでの十年弱の間、何に巻き込まれていたか、知りたくないのだろうか。

これまでの十年弱の間も、さして只野さんに問いただすこともなく、唯々諾々と従ってきた人だ。お金がもらえてラッキー、もらえなくなって困る。そういうレベルの認識なのかもしれない。そしてそういう人だからこそ、只野さんに見込まれて、利用された。

彼女はこれからも、この調子で生きていくのだろうか。自分が何に巻き込まれているかも考えず、目の前の損得に一喜一憂して。何かあれば、人のせいにする。

彼女の行く末を思うと胸騒ぎがした。だが、こちらからかける言葉も見つからない。

結局私たちは、法的な処分や告発は行わないことを約束して、近藤の家を去った。

不正会計は別だが、それ以外の点で、近藤は不正行為をしていない。だから法的な処分なんて、本来はしようがない。それでも近藤はホッとした表情を浮かべていた。一人で抱えていた荷が下りて、気が楽になったのかもしれない。

マンションの入り口を出たところで、剣持先生が携帯電話を取り出し、電源を入れた。説得の邪魔になるといけないから、あらかじめ電源は切ってあったらしい。

携帯電話に届いているメールを見て、顔を上げた。晴れやかな笑顔だ。

「ねえ、美馬先生。見てよ」

剣持先生が携帯電話を差し出す。

「古川君から連絡が来てる。川村先生、意識が戻ったんだって」

「川村先生が？」

私も思わず笑みが漏れた。

「よかったです。私、今年は充分、死人を見ましたから」

「私もよ」

剣持先生が、張り合うように顎を上げた。妙なところが子供っぽい。

気持ちはすっかり緩んでいた。

全貌が明らかになったわけではない。結局、只野さんが会社潰しにこだわった理由はよく分からないし、自殺した理由も不可解だ。

だが、近藤の話で、近藤と只野さんの役割分担は見えた。あとは只野さんとトラの関わりが分かれば、かなり正確に、只野さんの行動が説明できる。

川村先生も独自に探っていたことだろう。川村先生が摑んだ情報と総合すると、只野さんの自殺原因が明確になるかもしれない。そうすれば、幸元社長への連日の事情聴取に終止符を打ち、マルサチ木材を倒産の危機から救える。

私は頰を緩めながら、自分の携帯電話の電源を入れた。剣持先生と同じく、近藤の説得中は電源を切っていた。

次の瞬間、表示された着信履歴を見て、啞然とした。

マルサチ木材の幸元耕太から、数分おきに十回近く着信がきている。

最終の着信は、ほんの三分前だ。

留守電も入っている。

『先生、親父が見当たらないんです。家の炬燵の上には、家族、取引先に向けた遺書が二十通。その脇に、経営者保険の保険証がおいてありました』

動悸が速まるのを感じた。

『家の近くを捜し回っていますが、見つかりません。最後に親父を見たのは二時間ほど前です。もしかしたら、ゴーラム商会のほうに行っているかもしれないです。あの場所が発端ですから』

幸元社長の弁護人の渋野からは、連日しつこい取り調べを受けていると聞いている。幸元社長本人の精神状態はかなり参っているはずだ。

自分はいずれ逮捕される、と覚悟し始めているかもしれない。いざ逮捕されると、「殺人罪で逮捕された社長」として、マルサチ木材に悪影響を与え続ける存在となる。そもそも、逮捕されずに取り調べが続いているだけでも噂が広がって、いまにもマルサチ木材は潰れそうだ。

そうなったときに、経営者がとる行動は一つだ。

自分の命と引き換えに、なるべく会社にお金を残そうとする。

父と母も、そうだった。

私は駆け出し、タクシーに飛び乗った。

なんとしてでも、止めなくてはならない。

第五章　命の値段

1

タクシーを急《せ》かしに急かして、十五分で汐留についた。

全速力でゴーラム商会に走った。

パンプスのヒールがカツカツとうるさい。

エントランスも、受付も、走り抜けた。

警備用のフラッパーゲートはもともと電源が入っていない。入館証を入手するまでもなく、突っ切った。

まだ八時過ぎだ。出入りする社員もいる。私とすれ違って、不審そうな目を投げてくる。

社員の一人とぶつかって、私は身体のバランスを崩した。

「すみません」

と謝りながらも、すぐに体勢を整える。

焦る気持ちを抑えきれずに、エレベーターホールへ駆け込んだ。上行きのボタンを乱暴に押す。

どのかごも到着まで時間がかかりそうだ。

とっさに、エレベーターの脇の、非常用階段へ駆けた。

途中でパンプスが片方脱げた。もう片方のパンプスも脱いだ。

階段を一段とびに駆け上がる。ストッキングの股の部分が裂ける音がした。三階を通りすぎたころには息も絶え絶えになっていた。あともう一つ上、四階まで脚を止めるわけにはいかない。ほとんど呼吸を止めるようにして、階段を上り続けた。

社長がいるのは、きっと四階の一番奥の首切り部屋だ。四階の廊下を走り抜ける。カーペットとストッキングがすれて、足の裏が痒かった。だがそんなことを気にしていられない。

四階一番奥、首切り部屋の扉を乱暴に開け、飛び込んだ。

「だめっ」

思いっきり叫んだ。

幸元社長が、顔をあげた。

両手で出刃包丁を握っている。

刃先は、社長自身に向いていた。

「死んだらだめよ」

私は大声で言った。

「あなたが死んだって、会社は助からない」

急に大きな声を出して、喉が痛んだ。

「たった一億か、二億。それじゃ、会社は助からない」

包丁を持つ社長の手が震えていた。

「大の大人が決めたことだ。堪忍《かんにん》してくれ」

私は社長めがけて突進した。

途中でジャケットを脱いで、社長の顔に覆いかぶせる。

その隙に椅子を持ち上げて、社長の腕を無茶苦茶に叩いた。

社長の手の力が緩み、包丁が床に転がった。

足先でその包丁を踏み、入り口めがけて蹴り出した。

包丁は、ことん、という音とともに、部屋の外に出た。

「死んだって意味がないのよ。あなたは死ぬよりも、生きているほうが、よっぽど価値があるんだから」

叫びながら、涙と鼻水がこぼれてきた。

「逃げるな！　生きて働け！」

今になって、息が上がってきた。

はあ、はあ、と懸命に呼吸するが、息が苦しい。

「うちの、お父さんと、お母さんもそうだった。お金のために死んだけど、お金は足りなかった。無駄死にだった。それだったら、生きていて欲しかった……」

嗚咽と共に、足から崩れた。

社長は、私のジャケットから顔を出し、私を見つめている。

その視線は、一瞬私に止まった。

だが、すぐに私の上部に視線を動かしたように見えた。

遠くに幽霊でも見るような目だ。

「美馬先生のご両親は、立派な死にざまでしたよ」

背後から声がした。

私は、首だけで振り返った。

そこには、哀田先生が立っていた。

片手には、先ほど蹴りだした包丁が握られている。

「干し柿の、美馬柿店だったかな。家族と従業員を守るために二人そろって首をつったらしいですね。人間ひとりの生涯年収は二億円から三億円です。経営者保険で、ひとり二億円、二人で四億円もらえたなら、得したほうです」

哀田先生は、ひょろっとした姿のまま、左右にわずかに揺れていた。

うっすらと笑っているように見えた。

「いいかい。お金ってのは、命を削って稼ぐもんだ。美馬先生のご両親は、正しい命の使い方をしたんだよ」

私は茫然《ぼうぜん》としていた。哀田先生は何を言っているのだろう。どうしてここにいるのだろう。

「只野さんの死も立派だった」

そうだ。哀田先生は、ゴーラム商会の勤務エリアにいたのだ。先ほど、近藤のアポをとるために電話したのだった。けれども、どうしてここで、包丁を握っているのだろう。

「これから、君たちも立派に死ぬことになる。幸元社長は、美馬先生を刺殺。その後、自殺するってわけだ」

哀田先生は包丁を握りなおした。刃先はこちらを向いている。

一歩、また一歩と近づいてくる。

私は腰が抜けて、立ち上がれなかった。

震えながら、後ずさりをする。

「な、なんで……?」なんとか声を絞り出した。

「トラについて、知りすぎたからだよ」

哀田先生は、ククッと詰まったような笑い声を漏らした。背広のポケットから、名刺ほどの大きさのカードを取りだした。

見覚えがある。トラの連絡先が記してある、白いカードだ。

「さっきエントランスで、このカードを落としていきましたよ。赤坂さんの家を訪ねたようですね。そしてこのカードを持っている。美馬先生、トラについて、知っちゃったね……。実は、君が話を聞いた赤坂さんも、少し前に処分した。そうしないと、僕の命も危ないからね」

「赤坂さんって、あの赤坂さん……?」

背筋のしゃんとした、柔和な笑顔の老人を思い浮かべた。

「でも君のせいじゃない。君に情報を漏らしたから消されたわけではないよ。別件で危ない橋を渡ってしまって、もともと処分される予定だった。欲を出しすぎたんだな」

「哀田先生が、赤坂さんを殺してきたってこと？」

震える唇で訊いたが、答えはなかった。

ただじりじりと、近づいてくる。包丁の側面が、きらりと光った。

赤坂が、死んだ？

頭がくらくらした。怒りなのか、驚きなのか。

「哀田先生も、トラの一員ということ？」

そう訊ねたが、返事はなかった。

めまいがした。視界がぼやける。じりじりと後ろに下がりながら、哀田先生が構えている包丁の刃を見つめた。少しずつ近づいてくる。後方には幸元社長。壁はガラス張りだが、窓はない。

入り口の前には哀田先生が立っている。

逃げ場がない。哀田先生をどうにかしないと。だが、武器になりそうなものはない。鞄はエントランスに放ってきてしまった。靴も階段に脱ぎ捨ててある。ジャケットは幸元社長へ投げつけた。今の私は手ぶらで、伝染したストッキングを穿いた、ワンピース姿だ。

後ずさりをしながら、とっさに後ろ手で椅子を摑んだ。

ふう、とひと息ついた。やらないと。
椅子をグイっと前に持ち上げ、哀田先生めがけて突っ込んだ。哀田先生は、と声を漏らしながらも、脇腹のあたりで椅子を受け止めた。包丁を持っていない左手で椅子の脚を摑んだ。そして右手に握った包丁を、めちゃくちゃに振り回した。

「ううっ」

私は慌てて身を引いた。哀田先生はその勢いにのって、椅子を私の胸元に押しつけた。椅子の角がめり込む。不思議と痛みは感じなかった。だが、哀田先生はそのまま、じりじりと椅子を押して、私を部屋の奥へと追いやっていく。このままでは、ジリ貧だ。

その時、遠くから、乾いた音が聞こえた。カツカツカツカツカツ……と、一定のリズムを刻んでいる。音は徐々に近くなった。

何の音だ、と思ったその時、音はやんだ。

「やめなさいっ」

怒鳴り声とともに、黒っぽい物体が部屋に飛び込んできた。

剣持先生だった。血相を変えてゴーラム商会に向かった私を、追いかけてきたのだろう。

哀田先生が怯んだその隙に、思いっきり、とび膝蹴りを食らわせた。

うめき声をあげながら、哀田先生の身体が傾く。

剣持先生も床に転がったが、素早く受け身をとって、立ち上がる。再度、哀田先生の腹めがけて、回し蹴りをぶつけた。

まともに蹴りを食らって、哀田先生は床に伸びた。

剣持先生は着地のときにわき腹を机にぶつけたらしく、痛そうにしゃがみこんだ。

私はとっさに、床に転がった包丁を拾った。

「こいつを取り押さえて」

剣持先生の言葉で、幸元社長と私が動こうとすると、哀田先生が、

「ちょっと、待ってくれ。取引だ。トラについて、知りたくないか」

と言った。

「美馬柿店を潰したのも、トラだよ」

思わず私は動きを止めた。

「どういうことですか？」

質問する私の声が震えていた。

「干し柿作りに使っていた工場、更地になった後、大きな商業ビルが建っただろう。あの土地が欲しい人がいた。だから、トラが潰した」

哀田先生は、痛みに身体をねじらせながらも、声を絞っていた。

「それ、本当ですか」

血の気が引いていくのを感じた。すごく寒い。

「トラは、そういうのは、慣れている。只野さんが、会社を四つ潰したいと言い出した時に、相談に乗ったのもトラだ。やり方を教えただけで、あとは只野さんがほとんど一人で実行したがね。只野さんは、自分の貯金を削って、近藤という女に小遣いまで渡していたらしいね。トラが出してやるかという話もあったんだけど、最終的には資金供与を断った。それで只野さんは身銭を切って、計画を実行したのだから偉いよ。僕は、人と人を引き合わせるだけで済んだ」

高砂フルーツの社長と山峰を引き合わせた、背の高い男というのは、哀田先生だったというわけか。

「只野さんが自殺をするよう仕向けたのも、哀田先生だったんですね」

自分でも驚くほど乾いた声が出た。

哀田先生は、只野さんにゴーラム商会を「必ず助けます」と言い、事業売却により延命できる見込みだとわざわざ告げていた。あの時は只野さんを励ます意図かと思った。だが実際には、只野さんを追い詰めるための言葉だったのだ。哀田先生の言葉を聞いて、どうにかして会社を潰さないといけないと、只野さんは焦ったはずだ。

「只野さんに法律の一般論を教えただけですよ」

哀田先生がトラの一員だということを、只野さんも知らなかったのだろう。

「只野さんは立派だったよ。お姉さんは就職氷河期で就職できず、ずっと非正規社員だった。只野さんが潰した四社は、お姉さんを冷遇し、お姉さんの首を切った四社だよ。職を繰り返し失ったお姉さんは、心を病んで自殺した」

幸元社長は、腰を抜かして、固まっている。

私は包丁を後ろ手で握って、少しずつ、哀田先生に近づいた。

時間を稼ぐ必要があると思った。

「でも、復讐なら、社長にすればいいでしょう。会社なんていう、実態のないものを倒してもいいことはないのでは？」

訊きながらも、じりじりと近づく。

「只野さんが復讐したかったのは、正社員と非正規社員という、身分制そのものだよ。もっと言うと、能力のない正社員たちに復讐したかったのさ」

哀田先生は、寝転がった姿勢のまま、顔をゆがめて笑った。

「よくそんなこと思いつくよな。只野さんのお姉さんは優秀だったのに、非正規社員だったが故に解雇され、最終的に死に至った。無能な奴でも正社員だというだけで、のさばっているのが我慢ならなかったらしい。会社を倒産させてしまえば、正社員も非正規社員もない。全員、ただの無職だ。能力がある者は次の職を得られる。それはそれで良しということのようだ。ただ、能力のない者は食えなくなる。そういう正常な状態に、戻したかったらしい」

その瞬間、私は包丁を正面に突き出し、哀田先生に振りかざした。

哀田先生は目を見開き、とっさに身体を転がした。

私はすぐにバランスを立て直し、もう一度、哀田先生めがけて包丁を振った。

「やめなさい」

腹をおさえ、這いつくばる姿勢のまま、剣持先生が私の足元に縋りついた。

「放して。この人は親の仇だ」

私は剣持先生を足蹴にした。

剣持先生は、痛そうに顔をゆがめた。

その隙に、私は包丁を握り直し、哀田先生を見据えた。

すると、剣持先生は、ものすごい形相で立ち上がり、私を睨み、構えをとった。

次の瞬間には、私の側頭部に剣持先生の足先が飛んできていた。

痛みで目がチカチカした。

私は包丁を取り落とした。

その瞬間、哀田先生が私に向かって突進してきた。私は倒れこみながら、スローモーションのように一部始終が見えた。哀田先生の肘が、落下中の包丁に当たった。哀田先生は、何かにつまずいたように、バランスを崩した。私の上に、覆いかぶさるように倒れこむ。ちょうど包丁の柄の上に哀田先生の身体がのったことで、包丁が私に向かって押し付けられた。哀田先生の体重がかかって、包丁は勢いよく私の脇腹に刺さった。

もともと痛みの中にいた。包丁が刺さったからと言って、痛くはなかった。ただ、腹の周りが妙に熱を帯びている気がした。

小さく頭を動かして周辺を見渡す。哀田先生はいつの間にかいなくなっている。

自分の周りに血が広がっていくのが見えた。

ひとつ気付いたことがある。私は人の血を見るのは苦手だけど、自分の血を見るのは全く平気だった。妙に冷静で、凪《な》いだ気持ちでいた。

人の心配より自分の心配をしたほうがいいよって、美法にも言われたっけ。

だんだんと視野が狭まり、暗闇に落ちて行った。

2

私はずっと寝ていたらしい。

ずっと、と言っても、一週間くらいだ。

意識が戻ったときには、周りが真っ白で、身体もふわふわしていたので、ついに天国に来たのかと思った。ところが、しばらくすると、脇腹がずきずき痛み出したから、これはまだ生きていると分かった。

一番に飛んできたのは、剣持先生と津々井先生だった。

私には身寄りがない。

入院の手続きなどはすべて剣持先生がしてくれたらしい。

謝り慣れていないのだろう。腰からしっかり曲げることができず、頭だけぺこりと下げる格好だ。

剣持先生は廊下に立たされた小学生のように頭を下げた。

「やりすぎました」

だが、反省しているのは本当のようだ。

剣持先生曰く、今年の初め、事務所を飛び出して数か月休んでいたときに、ちょっとした荒事に巻き込まれていたらしい。誰かを止めるために、頭突きをすることになったが、その頭突きの不格好さが剣持先生としては気になった。

そこで、その反省を活かし、キックボクシングジムに通った結果、蹴りに磨きがかかった。その状態で、私を全力で蹴ったことについて、反省しているという。

幸元社長は、自殺を思いとどまった。

弁護人の渋野が警察の説得に成功したのだった。近藤の証言音声の一部も証拠として提出された。只野さんとその姉の職歴から、只野さんが幸元社長に恨みを抱いていたことも明らかになった。最終的に、「只野さんは自殺。幸元社長に殺人の罪を着せるために現場に呼び寄せた」と警察も納得したらしい。幸元社長が犯人であるという直接的な証拠はない。警察の判断は賢明なものに思えた。

殺人の嫌疑から解放された幸元社長は、取引先への挨拶回りに忙しくしているという。私が意識を失っている間、息子の幸元耕太は何度か訪ねてきたらしい。

「哀田先生は、どうなったんでしょう?」

私が訊くと、津々井先生は残念そうに目を伏せて、新聞記事の切り抜きを見せた。

あの日、私に包丁が刺さった隙に、哀田先生は逃げ出した。

その後消息はつかめていなかったが、二日前に富山県の山林で、遺体となって発見された。死因は不明だ。

「トラの仕業だと思います。私も、都市伝説のようなレベルで聞いたことがありました」

いつになく、津々井先生はまじめな口調だ。

「しかし……トラは投資家集団ですよね。人殺しまでするなんて、お金目当てだとしても割に合わないのでは?」

「真相は分からないです。ただ、トラのメンバーが直接手を下したわけではないと思います。トラは賢い。違法すれすれのことはしても、違法なことはしない。美馬先生のおっしゃる通り、殺人なんて割に合わない。ただ、捨て鉢なチンピラを利用して、危ない橋を渡らせている可能性はあります。彼らは投資家集団だ。自分では動かない。他人にやらせる。これが投資家の基本ですからね」

赤坂の自宅を訪ねた後に、怒りに燃えたことを思い出した。

精いっぱい働き、世の中に価値を生み出す者から、甘い汁だけ吸っていく奴らが許せない。奴らにとっては甘い汁かもしれないが、あれは生き血なのだ。寄生虫に吸われすぎると、死んでしまう。

赤坂が亡くなったことも、ショックが大きかった。私が寝ている間に、葬儀も済んでしまった。哀田先生は、私のせいではないと言っていたが、果たしてどうか。胸の内に苦みが残った。

津々井先生は咳ばらいをした。

「よく聞いてください。この件は、深入りしないほうがいい。美馬先生、剣持先生、あなた方二人がトラについて知ったことを、他言してはなりません。お二人がトラと接点を持ったことは、哀田先生しか知らないはずです。その哀田先生がお亡くなりになった以上、他に漏れることもない。あなたたち二人の身の安全は確保できます」

剣持先生は、津々井先生の忠告を険しい表情で聞いていた。

聞いているだけで、「はい」と言うこともなかったし、頷きもしなかった。

ただカッと目を見開いて、身じろぎもしなかった。その横顔は、獲物を狙う鷹《たか》を思わせた。

「そういえば、もう一つ、分かったことがあります」

津々井先生が私に向かって言った。

「近藤さんに関する内部通報をした、通報者。あれは管理部門の役員、安西さんでした」

「安西さん？」

驚いて、私は訊き返した。

「そうみたい」剣持先生が引き取った。

「古川君にしつこく頼んで、調べてもらったのよ。そうしたら、安西さんのプライベートアドレスだったわ。会社に緊急連絡先として登録してあったから、安西さんだと判明した。ちょっと考えれば分かりそうなものなのに。おじさん世代ってＩＴに弱いのかしら。通常なら通報者を特定することはないから、大丈夫だと高をくくっていたのかもしれないけど」

「でも、安西さんがどうして？」

「会社が潰れることに関して、責任を追及されるのを避けたかったようです」

津々井先生が答えた。

「ゴーラム商会は、ランダール社との独占販売契約が失効して、倒産の危機に立たされていました。本来ならば、その時点で適切に顧問弁護士に相談したり、社内調査をするべきでした。だが、安西さんはそれを怠った。都合の悪い報告は耳に入れないようにしていたようです」

上層部は都合の悪いことを耳に入れない、と只野さんも漏らしていた。あの話は本当だったわけだ。

「もし、安西さんが適切に動いてたら会社は助かったかもしれない。けれども、彼は怠った。ゴーラム商会の倒産の責任の一端は彼にある。彼は、その責任を追及されるのを恐れた」

「しかし、責任追及と言っても、会社はもう潰れるわけですし……」

と言って、私は自分で気づいた。

「ああ、株主からの責任追及ですか」

通常、会社の役員たちはその役職に応じた責任を負っている。その責任を果たさないで誰かに損害を与えた場合、損害賠償請求がなされることがある。

会社が潰れると、もちろん労働者も困る。けれども経済的に一番損をするのは株主だろう。お金を出して買って保持していた株式が、価値ゼロの紙きれになってしまうのだから。

今回のように、安西の怠慢が一因で会社が潰れた場合、安西は株主たちから損害賠償を求められる可能性がある。

「そうです。安西さんは自分の怠慢が露見するのを恐れた。会社倒産の原因は別のところにあると見せかけようと、近藤さんが不正をしているかのような通報をしたのです。ただ、近藤さんが本当に不正をしていたと明らかになる必要はありません。悪かったのは自分だけではない。他にもいろいろ原因があった、という記録が残ればそれでいいのです」

「なるほど。だから通報しておきながら、安西さん自身は調査に非協力的だったのですね。そういう通報があったという既成事実さえ作ればそれでよいのだから」

むしろ私たちに綿密に調査されると困る。安西自身の怠慢まで暴かれてしまうかもしれないからだ。近藤に通報の事実を告げたのは、調査に協力させないよう誘導するためだったのだろう。

「安西さんの罪はそれだけではありません。最終的に只野さんを自殺に追い込んだのも、安西さんです」

私は驚いて、津々井先生の顔を見つめ返した。

「いよいよ会社が潰れそうになって、安西さんは責任追及が怖くなった。それで彼なりに、倒産原因の内部調査を行っていたみたいです。自分以外にも、倒産原因を確保しておきたかったのでしょう。そしてその中で、倒産続きの近藤さんの職歴に気が付いた。他の社員の履歴書も当たったところ、近藤さんと只野さんは、以前同じ会社で働いたことがある間柄で、二人には何らかの関係がありそうだと気付く。普段の仕事ぶりを見ていれば、近藤さんと只野さん、どちらが首謀者なのかは一目瞭然だった」

確かに近藤は、会社を潰すために策略を練るタイプには見えない。近藤と只野さん、二人でつるむ場合、ブレーンは確実に只野さんだろう。

「安西さんは只野さんを脅したそうです。『お前が会社を潰そうとしているのは分かっている。すぐに自首しろ。そうでなければ、俺がバラしてやる』と。その脅しが、只野さんの自殺のきっかけになったと、僕は考えています。しかし只野さんは、タダで死ぬつもりはなかった。ゴーラム商会とマルサチ木材を道連れにしようとした。結果的には、ゴーラム商会だけ、道連れにできたわけですが――」

「ちょ、ちょっと、待ってください」

私は津々井先生の話を止めた。

「この話って、安西さん自身から聞いたんですか？」

「ええ、そうです」

津々井先生は、目を丸めている。当たり前だろう、とでも言いたげな表情だ。

「えっと、それって。どうやって訊き出したんですか？」

「なんてことはありません。僕が宥《なだ》めすかし、多少、脅しながら訊き出しました」

津々井先生は人のよさそうな顔に、柔和な微笑を浮かべている。

「ええ、怖っ……」思わず言葉が漏れた。

虫一匹殺さなそうな顔だ。縁側で猫を膝に抱いて、お茶をすすっていそうな見た目をしている。それでいて、何を考えているのか分からないのだから、恐ろしい。

「安西さんは、最終的にどうなるんでしょう？」

「僕は、訊き出した情報を警察に流さないことを、安西さんと約束しています。だから、只野さんを死に追いやったことについて、刑事罰を問われる可能性は低いでしょう」

津々井先生は一瞬口を閉じ、瞬きをした。

再びじっと私の目を見ると、明るい口調で言った。

「ただ株主からの訴訟は、依然としてあり得る。僕は会社の顧問弁護士です。究極的には、会社の株主に仕える身。会社役員である安西さんの責任を追及する訴訟は、僕が担当することになります」

「ああ、そういうことか」安堵《あんど》の声が漏れた。

「そういうことです。大丈夫。僕がきっちり、カタをつけますよ」

津々井先生なら、安西に取るべき責任を取らせるだろう。只野さんの無念も、多少は浮かばれる。

津々井先生は、ほっほっほ、と満足そうに笑った。

味方でいるぶんには心強いが、敵に回したくないと思った。

3

二人が帰ると、病室はやけに静かになった。

四人部屋だが、他の三人は高齢の患者で、寝てばかりいる。

病室のドアが開いたのは、日中の面会時間が終わり、夕食までもう少しという時だった。

「おい、美馬ァ」

と、大きいドラ声が響いた。

入り口に寝間着姿の川村先生が立っていた。

眠りそうになっていた私の眠気は吹っ飛んだ。

スーツ姿ではなく、いつもの色付き眼鏡をかけていないと、事務所で見る時よりも優しそうに見える。だが、声の迫力はそのままだった。

「お前も刺されたってな」

「えっ、川村先生？」

私は驚いて飛び起き、すぐに後悔した。急に動くと脇腹の傷が痛む。

「川村先生、なんでここにいるんですか」

「なんでって、俺も入院してるからに決まってんだろ」

「何も、私と同じ病院じゃなくてもいいじゃないですか」

「何言ってんだ。この辺りに総合病院は数えるほどしかない。だいたい、俺が元々入っていたところに、後からお前が運び込まれてきたんだ。どちらかというと文句を言いたいのは俺のほうで――」

同じ病室の患者が、もぞもぞ動く音が聞こえた。

川村先生の声で目が覚めて、状況を不審がっているようだ。

「先生、ちょっと、外に出ましょう」

私は声をかけると、ゆっくり起き上がった。脇腹は痛むが、立てないことはない。

最寄りのデイルームに入った。面会時間は過ぎているから、誰もいなかった。

ベンチに腰かけてから、

「私は刺されていませんよ。揉みあいの最中に、刃物が落下して刺さっただけです」

説明すると、川村先生は鼻で笑った。

「そんなダサい怪我《けが》の仕方、あるのか？　俺は刺されたぞ」

そんなことを得意げに言われても困る。そもそも私が発見しなかったら、川村先生の命は危なかった。

「哀田先生に刺されたのですか？」

推測を確かめようと訊ねた。

川村先生は、渋い顔で頷いた。

「俺が悪かったのかもしれない。哀田は昔から優秀な奴だった。だが弁護士としての年次が上がるにつれ、妙な気配が出始めた。言葉じゃ説明できない。俺は仕事柄、ヤクザ者と渡り合うこともあるが、奴らには共通点がある。ふとした瞬間に、目元が真っ黒く沈んで、感情のない棒人間みたいな表情を見せることがあるんだ」

自分が襲われた時の、哀田先生の表情を思い出そうとした。

うっすらと笑っていたような気がする。

だが、それ以上のことは思い出せなかった。

「悪いことをする奴も、所詮は人間だ。どこかで心を殺してやっている。そうじゃなきゃ、悪事も長続きしないんだろう。心を殺すことに慣れてしまった奴の目は、ブラックホールみたいな穴ぼこだ」

川村先生は、そこまで話すと、大げさに咳をした。

片手で背中を庇っている。当然、まだ痛むのだろう。

「哀田の奴も妙な目つきをするようになった。出世欲の強い奴だったからプライドをこじらせたのかもしれない。弁護士なんて、たいして稼げない商売だ。あいつはそのあたりが分かっていなかった。だから俺は、奴がパートナーに昇格する審査の際にも反対したんだ。こいつにクライアントを任せるのは危ないと思った。だが本当は、あのタイミングで事務所から追い出しておくべきだった。パートナーになれなかったことで奴はさらに鬱憤を溜めたようだな。だがまさか、トラに関わっていたとは――」

「トラを、ご存じですか？」

私は口を挟んだ。

「知ってはいたさ。だが、あんなものは都市伝説だと思っていた。赤坂さんと話して、この案件にはトラが関わっていると思った。赤坂さんは、買収先をアドバイスしてくれるコンサルタントの名前は明かさなかったがね」

赤坂さんは確かに、川村先生には話していないと言っていた。

「どうして、トラだと分かるんですか？」

「正直にいうと、トラと呼ばれる組織だと確信したわけじゃない。ただ、相当にクレバーな集団が、違法すれすれのところで糸を引いていると思った。そういう集団として耳にしたことがあるのは、トラだけだったということだ」

「哀田先生はトラの一員だったわけですよね」

「ああ。そうだ。もともと、哀田と赤坂さんの間には何かあると思っていたんだ。何度か交渉の場で顔を合わせたが、哀田は赤坂さんを見る時に、あの暗い目をしていた。詐欺師が獲物を見るような目だ。俺は哀田の素性を確かめたかった。それで赤坂さんを訪ねて話を聞いたら、トラの気配がする。そもそも今回の一連の連続倒産事件、倒産の素人が仕組んだとは思えない。哀田は十年以上前、若手弁護士だった頃から、悪の道に入っていたのかもしれない。倒産弁護士である哀田がトラの一員として関与しているとしたら、すべて説明がつく。おそらく赤坂さんの家には盗聴器か監視カメラか、何か仕組まれているんだろう。俺が訪ねて行ったのが哀田にすぐバレた。哀田は賢い。俺が哀田を疑っていることに気付いて、俺を襲った」

川村先生の浅黒い顔は、いかにも豪放磊落《らいらく》な印象を人に与える。その実、細やかに部下を観察し、思慮しているとは、誰も思わないだろう。

「そもそも、意図的に会社を潰せるものでしょうか」

この際だから、素朴な疑問をぶつける。

「いくら、哀田先生のような倒産弁護士が裏にいたからと言って、会社のような巨大な組織を人の力で潰せるのか、疑問なのです」

「どんな強い人にも弱点があるように、どんな良い会社にも弱点がある。根気よく弱点を突き続ければ、次第に崩れていくよ。これは人も一緒だがな」

川村先生は苦笑した。

哀田先生も、心の弱い部分を突かれて、悪の道へ引きずり込まれたのかもしれない。

「まあ、こんな話は、実はどうでもいいんだ」

川村先生が、急に話題を変えた。

「美馬、マルサチ木材の社長の自殺を止めたらしいな。でかしたぞ！」

大きな声で突然褒められて、困惑した。

「お前は今回の働きだけでも、弁護士になった甲斐があったと思っていい。倒産弁護士にとって、一番怖いものは何か分かるか？」

答えがすぐに続くものだと思って黙っていたら、

「お前に聞いてんだよ、ほら」

と叱咤された。

「怖いもの、ですか……。債権者ですかね。ガンガン取り立ててきますし」

ぼんやりとする頭でなんとか答えた。

川村先生は、口元をゆがめて、

「アホか！」

と怒鳴った。

さっきまで褒めていたのに、急に説教モードになっていて困惑する。

「俺たちは、債権者側の代理人をすることもある。債権者が怖いわけねえだろ」

早口でまくし立てると、一呼吸置いた。

改まった口調で口を開いた。

「俺たち倒産弁護士が怖いのは、関係者の自殺だよ。会社の経営悪化は仕方ない。救える会社は救うし、もう手遅れの会社はなるべく綺麗に整理して見送る。最悪、会社が死んだっていいんだよ。人間様には関係ない話だから。けれども人間が死ぬのは辛い。本当は死ぬ必要がないからな」

川村先生の言葉に聞き入っていた。

両親の死を無駄死にだと思いたくない一方で、両親は死ぬべきではなかったと薄々分かっていた。お金のために死ぬ必要なんてなかった。

「だから、社長の自殺を止めたお前は偉いということを、言いに来たんだ。分かったかッ」

褒められているのに、怒鳴り声だ。

「おい、分かったか！　返事！」

「はあ、はい……」

川村先生の勢いに押されながら、頷いた。

「おい、お前。津々井のコーポレートチームを離れて、倒産チームにこないか？」

川村先生が私の目をまっすぐ見て言った。

「お前、倒産弁護士になれよ」

「と、倒産弁護士ですか」私は困惑して繰り返した。

「今から、所属チームを変えるってことですか?」

川村先生は大きく頷いた。

「そうだ。別に珍しい話じゃない。コーポレートより倒産が向いてるよ」

胸の内に整理のつかない感情が渦巻いた。倒産関係の仕事はこれまで何となく避けてきた。家業が倒産しているぶん、倒産しそうな会社の現状や経営者の気持ちは分かるかもしれない。だがむしろ、倒産する会社を見るたびに自分の古傷を無理やり開き、塩を塗るような苦痛を味わうことになるかもしれない。

川村先生は、私の過去を知らない。

「おい、どうだ。決めちまえよ」

と無邪気に勧めてくる。

結局、「少し考えさせてほしい」とだけ伝えた。すぐには答えられそうにない。

「まっ、考えといてくれ。でもな、美馬が倒産弁護士に向いていることは、最初に会ったときから、俺には分かっていた。言っただろう。『なかなか見込みがある』って」

私は川村先生と最初に会ったときのことを思い返した。

剣持先生が強引に話を進めようとするから、私が頭を下げて、下手に出た途端、川村先生の機嫌がよくなったのだ。

「美馬は、お辞儀が綺麗だろ。ビシッと腰からまっすぐ曲げる。商売人の頭の下げ方だ。そういう奴は、倒産弁護士に向いているんだよ」

驚いて、川村先生の顔をまじまじと見つめた。

あの時は、単純に川村先生のプライドを上手くくすぐったことで、上機嫌になったものと思っていた。おじさんって単純だな、男って下から転がしておけばいいんだ、くらいに思っていた。

――川村先生って、あんな感じだけど、話せば分かる人よ。

剣持先生がそう評していたのを思い出した。

私は本当に、何も見えていなかったのかもしれない。

ひと通り話して、満足げに帰っていく川村先生の背中を見送りながら、ため息が出た。


川村先生が帰った後は、ぐったり疲れてしまった。

夕食にもほとんど手を付けられず、いつの間にか寝てしまっていた。

再び起きたときには、時刻は午前二時半になっていた。中途半端に早い時間から寝始めて、夜中に目覚めてしまった。

人の話し声はしない。看護師が遠くで歩いているようだ。リノリウムの床がキュッキュッと鳴るのが、どこからともなく聞こえてくる。

寝付けないまま、ぼんやりと天井を見上げていた。

ふと、只野さんのことを思い出した。

非正規社員として冷遇され、死を選んだ只野さんのお姉さん。

そして、正社員と非正規社員の身分制を恨み、正社員を恨んだ只野さん。

私は昼間に、只野さんが潰そうとした四社について、これまで私たちが調べ、まとめてきた調査報告書を見比べていた。どの報告書にも、「業績悪化により、非正規社員をリストラした」という過去が記されていた。

只野さんの動機は、報告書にも表れていたのだ。

これまで報告書は何度も読んだのに、違和感すら抱いていなかった。

だって、正規社員と、非正規社員は違う。

長期的なコミットが要求されるが雇用保障の厚い正規社員と、責任は軽いが、そのぶん首が切られやすい非正規社員。役割が違うんだから、不況時は非正規社員からリストラされるのは、当たり前だ。

そう考えて、疑問に思ってすらいなかった。

——似ているとか、違うとか、そういう概念はデタラメなんです。違いは同じだけある。人間の側で、どの違いを重視するかによって、同じグループにくくったり、区別したりしているんです。

幸元耕太の言葉が蘇った。「醜いアヒルの子の定理」の説明だった。

人間はひとりひとり、同じだけ違う。

それなのに、勝手な要素で線を引いて区別し、優劣を決める。

美法の言う通りかもしれない。誰かが勝手に序列を作っている。その序列の中で戦っても仕方ない。序列を駆け上がる行為すら、誰かに利用されてしまう。

只野さんは、正社員を恨んでいた。能力に応じた成果が得られるのが本来の姿だと信じて、会社を潰した。只野さんにとっては、一種の下剋上だったのだろう。

ところが、そんな下剋上すら、第三者に利用されてしまう。只野さんが会社を潰して回っている裏で、トラは利益を得ていたのだ。

やるせない気持ちになった。

只野さんはどうすればよかったのだ。どうしようもないじゃないか。お姉さんに降りかかった理不尽を、ただ受け止め、耐えるだけになってしまう。

私だって、どうしたらいいのか分からない。

惨めな状況を抜け出したくて、ゆとりのある暮らしをしたくて、ただ上へ上へと目指してきた。

シマばあちゃんは、もういない。もう頑張らなくていい。

――分からないけど。玉子の好きにしたらいいんじゃん。

美法はそう言っていた。

「好きにしたらって言われてもねえ」

天井に向かって、小さく呟いた。

外が明るくなるまで、眠れずじまいだった。


翌日には、幸元耕太が見舞いにやってきた。社長の奥さんが持たせたという大量のお菓子と花も一緒だった。私の意識が戻ったことは、事務所に問い合わせて知ったという。

「父や母も、見舞いに来ると言って聞かなかったのですが、僕が止めました。あの二人が来ると、喧嘩も始まるし、ややこしいから」

そう言って、耕太はえくぼをつくった。

社長の自殺を止めようとした結果、色々あって私が怪我を負った。あの奥さんの性格からすると、社長をハエ叩きで何回叩いても気が収まらないだろう。

「父を助けてくれて、ありがとうございました」

耕太はすっと頭を下げた。予想していたよりは、綺麗なおじぎだった。少なくとも剣持先生よりはずっと上手だ。

「どう、お礼を言ったらいいか、分かりません。息子の僕が不甲斐ないばかりに。僕自身、会社をやっていく覚悟の重さを分かってなかった。所詮、お坊ちゃんだった。今回の件で、父を見直したというか……」

耕太は、小首をかしげた。

「そういう言い方じゃ、おこがましいな。父を尊敬するようになりました」

律儀に説明する様子が可笑しくて、私は微笑んだ。

そんなこと、いちいち私に報告しなくていいのに。

「美馬先生……いや、あ、えーと、玉子さんのおかげです。お礼といってはなんですが、退院したら、食事をご馳走させていただけませんか?」

社長に似た人懐っこい目で、私をまっすぐ見据えている。

驚いて、耕太を見つめ返した。昨晩、ちょうど考えていたことがある。

私はすぐに目をそらした。

自分の手のひらをじっと見る。

ペンだこもあるし、節くれだっている。働く者の手だ。

口を開こうとして、一瞬、躊躇した。

しかし、口に出さなければならないと思った。

大きくひとつ、深呼吸をして、耕太を見た。

「私は働きたいんです」

はっきりと声が出た。

「えっ?」

耕太は困惑したように聞き返した。

「今回のお父様の件を通じて、私は働きたかったんだと気付かされました。やりたい仕事を見つけられました。こちらこそ、ありがとうございます」

「はあ、どうも」

耕太が小さく頭を下げる。

「お父様を助けたのも仕事のうちです。どうか、お気になさらず」

と言って、私は微笑んだ。

そのまま黙っていると、耕太が、

「あの、そしたらもう、玉子さんにはお会いする機会は――」

と口ごもった。

私は耕太に笑いかけた。

「御社が倒産しそうになったら、いつでも呼んでください」

耕太は驚いたように、私の顔を見つめ直した。

しばらく沈黙が続く。

「あ、えーと……そうですよね。僕、何か勘違いしていたみたいで、すみません。美馬先生のお手を煩わせないよう、健全経営を心掛けてまいります」

耕太はぎこちなく言葉を重ねた。

「えーと、でも、また見舞いに来るくらいはいいですよね。うん、そうしよう。父の命の恩人ですし、むしろ見舞いには来るべきです。うちの両親も黙ってないと思う」

耕太はしばらくブツブツと独り言のように話していた。ある程度話すと満足したようで、見舞いの言葉を残して、すごすごと帰っていった。

その背中を見送ってから、私は大きく伸びをした。つられてあくびが出た。昨日眠れなかったせいで、今更眠気が襲ってきたらしい。昼寝をしようと横になる。

病室の窓を見上げると、雲一つない青空が覗いていた。からりとしていて、干し柿を作るのに絶好の秋晴れだ。

瞼《まぶた》を閉じると、宝石みたいに輝く、飴色の干し柿が浮かんだ。

退院したら、干し柿を作ろう。

あげる人がいなくてもいい。自分で食べるから。

まどろみの中でふと、そう思った。

【参考文献】

渡辺慧著『認識とパタン』（岩波新書、一九七八）
日経トップリーダー編『なぜ倒産　23社の破綻に学ぶ失敗の法則』（日経ＢＰ、二〇一八）
日経トップリーダー編『なぜ倒産　平成倒産史編』（日経ＢＰ、二〇一九）

この物語はフィクションです。作中に同一の名称があった場合でも、実在する人物、団体等とは一切関係ありません。また、作中に登場する法律論は、一部、誇張や省略を含みます。実際の事件処理にあたっては、本書を参考にせず、適切に弁護士に相談して下さい。

新川帆立（しんかわ ほたて）
1991年生まれ。アメリカ合衆国テキサス州ダラス出身、宮崎県宮崎市育ち。東京大学法学部卒業後、弁護士として勤務。第19回『このミステリーがすごい！』大賞を受賞し、2021年に『元彼の遺言状』（宝島社）でデビュー。

『このミステリーがすごい！』大賞　https://konomys.jp

倒産続《とうさんつづ》きの彼女《かのじょ》

2021年10月20日　第１刷発行

著　者：新川帆立
発行人：蓮見清一
発行所：株式会社宝島社
〒102-8388 東京都千代田区一番町25番地
電話：営業　03(3234)4621／編集　03(3239)0599
https://tkj.jp
組版：株式会社明昌堂
印刷・製本：中央精版印刷株式会社

ISBN 978-4-299-02124-3

『このミステリーがすごい!』大賞 シリーズ

がん消滅の罠

暗殺腫瘍《しゅよう》

岩木一麻

保険会社の森川から、住宅ローンのがん団信を利用した保険金詐欺を疑う事例を聞いた夏目医師と羽島博士。謎を追ううち、脅迫を受けているという政治家が夏目の元を訪ねてきて……。人体で意図的に発生させられた、がん細胞の謎とは。最新がん治療×医療ミステリー。

定価　1650円（税込）［四六判］